D0591920

Un verano para morir

Lois Lowry

Punto de
Encuentro

everest

Dirección Editorial
Raquel López Varela
Coordinación Editorial
Ana María García Alonso
Maquetación
Emilia González Ordás
Diseño de cubierta
David de Ramón
Ilustración de cubierta
Alberto Muñiz Sánchez
Título original
A Summer to Die
Traducción
Pablo Valero Buenechea

SÉPTIMA EDICIÓN
© 1977 by Lois Lowry
© EDITORIAL EVEREST, S. A.
Carretera León-La Coruña, km 5 - LEÓN
ISBN: 978-84-241-3267-5
Depósito legal: LE. 1101-2008
Printed in Spain - Impreso en España
EDITORIAL EVERGRÁFICAS, S. L.
Carretera León-La Coruña, km 5
LEÓN (España)
Atención al cliente: 902 123 400
www.everest.es

Capítulo Uno

Fue Molly quien trazó la raya. Lo hizo con tiza. Un gran trozo de tiza blanca que quedaba en casa de cuando vivíamos en la ciudad, teníamos aceras y solíamos jugar a la rayuela, en los tiempos en que éramos más pequeñas. Aquel trozo de tiza llevaba mucho tiempo en casa. Lo sacó de una fuentecilla de arcilla que yo había hecho en la clase de cerámica del año anterior, donde estaba revuelto con un trozo de cuerda, unos pocos "clips" y una pila que no estábamos seguras del todo de que estuviese gastada.

Cogió la tiza y trazó una raya justo en la alfombra. Menos mal que no era una alfombra peluda, porque no hubiese dado resultado; pero se trataba de una vieja alfombra desgastada, retirada del comedor de nuestra otra casa. Era muy lisa, y la tiza marcó una perfecta raya blanca a través del azul. Y luego, mientras la contemplaba asombrada (pues no era propio de Molly estar tan enfadada), siguió trazando la raya pared arriba, a través del papel de flores azules. Se subió a su escritorio y completó la raya hasta el mismo techo, y luego fue hasta el otro lado del cuarto, se subió a la cama y remató también hasta el techo de aquella pared. Todo muy limpio y preciso. Menos mal que fue Molly quien hizo la raya; si lo hubiese intentado yo, me habría salido un churro, una raya torcida y desviada. Pero Molly hace las cosas muy bien.

Luego volvió a dejar la tiza en la fuentecilla, se sentó en la cama y cogió su libro. Pero antes de empezar a leer de nuevo, me miró (yo seguía de pie, llena de asombro, sin poder creerme que hubiera hecho la raya) y dijo:

—Hale, ya está. Ahora ya puedes ser todo lo desastrada que quieras. Sólo que te guardas tu desastre en tu lado. Este sitio es el mío.

Cuando vivíamos en la ciudad, Molly y yo teníamos cada una su habitación. No es que realmente eso nos hiciera ser mejores amigas, pero nos daba la oportunidad de ignorarnos mutuamente.

Tiene gracia lo de las hermanas. Bueno, por lo menos lo de nosotras; papá dice que las generalizaciones no valen.

Molly es más guapa que yo, pero yo soy más lista que Molly. Yo quiero con toda mi alma llegar a ser algo el día de mañana; me gusta pensar que algún día, cuando sea mayor, todo el mundo sabrá quién soy, porque habré realizado algo importante (aunque todavía no sé con seguridad lo que quiero ser, sólo que será algo que hará que la gente pronuncie mi nombre, Meg Chalmers, con respeto). Cuando se lo dije a Molly una vez, dijo que lo que ella quería era tener otro apellido, o el de su marido, cuando creciera, ser Molly No Sé Qué Más, ser señora de Tal o Cual, y que sus hijos, muchos, muchísimos hijos, la llamaran "Madre" con respeto, y eso es todo lo que le interesa. Ella está contenta y tranquila, a la espera de eso; yo, inquieta, y tan impaciente. Ella está segura, completamente segura, de que lo que está esperando ocurrirá, y justo como ella quiere que ocurra; y yo, en cambio, tan insegura, tan temerosa de que mis sueños terminen un día olvidados en alguna parte, como un trozo de cuerda y un "clip" perdidos en el fondo de un cajón.

El ser al mismo tiempo decidida e insegura es lo que me hace ser como soy, creo yo: apresurada, impetuosa, enfadada a veces por nada y desgraciada con frecuencia por todo. Y el tener tan claras sus metas y estar tan segura de que todo ocurrirá como ella quiere y espera, es lo que hace que Molly sea como es: tranquila, de buen carácter, llena de confianza en sí misma y decididamente presumida.

Parece a veces que como si, cuando nuestros padres nos crearon, les hubiese costado dos intentos, dos hijas, lograr todas las cualidades de una persona completa y bien conjuntada. Pero son más las veces, cuando lo pienso, que tengo la sensación de que lograron esas cualidades en su primer intento y que yo represento las sobras. Esos pensamientos sobre una misma no son nada bueno, especialmente cuando una sabe en su interior, en ese fondo del corazón y del cerebro donde están los sueños, las ambiciones y la lógica, que no es verdad.

Lo peor que tiene el vivir en la misma habitación con otra persona es que es muy difícil tener algo oculto. No me refiero a los calcetines sucios y rotos o a los catorce papeles arrugados con un principio de poema que no salió, aunque ésas son las cosas que enfadan a Molly, las que le hicieron trazar la raya. Me refiero a esas partes de una misma que son privadas: las lágrimas que quiere a veces derramar una sin razón concreta, los pensamientos a que una quiere entregarse en la soledad, las palabras que se quiere decir en voz alta para oír cómo suenan, pero sólo para una misma. Es importante tener un sitio en el que aislarse con esas cosas, como lo hacía cuando vivíamos en la ciudad.

La casa de la ciudad aún sigue allí, y sigue siendo nuestra casa, pero hay otras personas viviendo en ella ahora, lo cual me da una terrible punzada en el estómago cuando pienso en ello demasiado. Mi habitación estaba empapelada a cuadros blancos y rojos; en un rincón, junto a la ventana, hay un sitio en el que jugué tres partidas de "tres en raya" con un rotulador. Juegos de astucia todos ellos. Jugaba contra mí misma, así que no importaba mucho, pero tiene gracia, cómo quiere una ganar de todos modos.

El reloj de la universidad, en lo alto de su torre de ladrillo, estaba justo enfrente de casa; por la noche, cuando tenía que estar dormida, oía sonar todas las horas, llegando los tañidos del carillón claros y nítidos como siluetas que se desprendiesen en la oscuridad desde la esfera numerada circundada por la hiedra. Ésa es una de las cosas que más echo de menos, ahora que vivimos aquí en el campo, en este sitio perdido. Me gusta la tranquilidad. Y ya lo creo que aquí hay tranquilidad. Pero hay veces que estoy despierta en la cama por la noche y todo lo que oigo es la respiración de Molly en la cama de al lado; por esta carretera raras veces pasa un coche, y no se oye ningún reloj; nada mide los momentos. Tan sólo hay este silencio, con su sensación de soledad.

Fue por la tranquilidad por lo que vinimos. La universidad ha dado a papá sólo este año para terminar su libro.

Trabajó en él durante algún tiempo en la vieja casa, encerrado en su despacho; pero aunque oficialmente estaba de permiso como profesor, los estudiantes seguían pasándose por casa. "Se me ha ocurrido acercarme un ratito a ver al Dr. Chalmers" solían decir, plantados en el porche y con aspecto de estar algo incómodos. Mi madre decía: "No se puede molestar al Dr. Chalmers", y entonces se oía la voz de mi padre desde el piso de arriba: "Que pasen Lydia, de todos modos quiero dejarlo un ratito para tomar un café".

Así que mi madre les hacía pasar, y se quedaban horas y horas, tomando café, charlando con papá, y luego él les invitaba a cenar, y mamá añadía algunos espaguetis más a la cazuela, lavaba otra lechuga para la ensalada o pelaba a toda prisa otras pocas zanahorias para el guisado.

Luego la cena se prolongaba durante horas, pues todo el mundo hablaba y hablaba, y mi padre abría una botella de vino. A veces nos daban las tantas de la noche antes de que se marcharan. Para entonces yo solía estar ya en la cama, escuchando el carillón de enfrente mientras se decían adiós en el porche, resistiéndose a marchar para hacer una última pregunta, para agotar un argumento, para reírse con otra de las anécdotas de mi padre. Luego oía subir a acostarse a mis padres, y que él decía: "Lydia, no voy a terminar el libro nunca".

El título del libro es *La Síntesis Dialéctica de la Ironía*.

Cuando papá nos lo anunció, muy orgulloso del mismo, una noche a la hora de la cena, mami preguntó: "¿Podríais repetirlo deprisa tres veces?". Molly y yo lo intentamos, sin conseguirlo, y a las dos nos dio un ataque de risa. Papá puso cara seria y dijo: "Va a ser un libro muy importante"; Molly dijo "¿Cómo era?", él intentó decir otra vez el título, no pudo, y le entró también la risa.

En cierta ocasión trató de explicarme lo que significaba el título, pero tuvo que desistir. Molly dijo que ella sí lo entendía muy bien. Pero Molly se tira el pegote a veces.

Fue el sábado anterior al Día de Acción de Gracias, mientras desayunábamos, cuando mamá y papá nos dijeron que íbamos a marcharnos de la casa de la ciudad. Yo ya me había imaginado que se estaba cociendo algo, pues mi madre se había pasado toda la semana al teléfono y mi madre no es de la clase de mujer que habla mucho por teléfono.

—Hemos encontrado una casa de campo —dijo mamá, mientras servía más café en su taza y en la de papá— para que vuestro padre pueda tener un poco de paz y tranquilidad. Es una casa preciosa, niñas, construida en 1840, con una gran chimenea en la cocina. Está junto a una carretera de tierra, y rodeada de 160 acres de bosques y prados. Cuando llegue el verano podremos hacer un huerto…

El verano. Me imagino que Molly y yo habíamos pensado lo mismo, que hablaba de un mes o una cosa así, tal vez hasta después de las vacaciones de Navidad. Pero el verano… Sólo estábamos en noviembre. Nos quedamos las dos sentadas, boquiabiertas, como dos idiotas. Yo había nacido en la casa de la ciudad trece años antes, y ahora estaba hablando de que la íbamos a abandonar. No se me ocurría nada que decir, lo cual es raro en mí. Pero a Molly siempre se le ocurre algo.

—¿Y qué va a pasar con la escuela? —preguntó.

—Iréis en autobús, a la Escuela Comarcal de Macwahoc Valley. Es una buena escuela, y sólo son unos veinte minutos en autobús.

—¿Podríais repetirlo deprisa tres veces? —preguntó papá, con una mueca risueña—. ¿Escuela Comarcal de Macwahoc Valley?

Pero ni siquiera lo intentamos.

Escuela Comarcal. Yo apenas sabía lo que quería decir eso. Para ser sincera, me sonaba como si la escuela necesitase un laxante. De todos modos, la escuela no era mi principal preocupación. Estaba pensando en mi clase de arte de los jueves por la tarde, pues estaba a punto de empezar con el óleo después de semanas y más semanas de acuarela, y en mi clase de fotografía de los sábados por la mañana, en la que mi foto de la torre del reloj a la puesta del sol había sido elegida La Mejor de la Semana, ganando a las otras ocho de la clase, hechas todas por chicos.

Pero ni siquiera pregunté por mis clases, sobre lo que ocurriría cuando nos trasladásemos al campo. Pues lo sabía muy bien.

—Papá —gimió Molly—, me acaban de hacer animadora del equipo deportivo.

¡Buenooo, pues sí que no era un error decirle eso a mi padre! Estaba orgulloso de Molly, porque es guapa y todo eso, aun cuando a veces parece un tanto sorprendido de sus cosas, con eso de que, de repente, desde que ha cumplido los quince, tenga "amigos" y tal. De vez en cuando se la queda mirando y mueve la cabeza como asombrado… y orgulloso. Pero tiene muy claro lo de las prioridades, y cuando Molly dijo eso, dejó la taza en el plato con firmeza y la miró con el ceño fruncido.

—El ser animadora no tiene mayor importancia —dijo—, no es algo a lo que haya que dar prioridad.

Y eso zanjó la cuestión. Estaba todo decidido y no había nada que discutir ni sobre lo que alborotar. Fueron por lo demás unos días muy ajetreados. Casi se nos pasa el Día de Acción de Gracias, de no ser porque había estudiantes que no podían ir a casa para la festividad, y cinco de ellos pasaron aquel jueves con nosotros y mamá hizo un pavo.

Pero la mayor parte del día nos lo pasamos empaquetando cosas. Los estudiantes nos ayudaron a meter libros en cajas, y algunos de ellos ayudaron a mamá a embalar vajilla y cacharros de cocina. Yo empaqueté todas mis cosas sola. Lloré al meter en una caja mi estuche nuevo de pinturas al óleo sin estrenar –un regalo por mi decimotercer cumpleaños, que había sido el mes anterior– y volví a llorar de nuevo cuando guardé mi cámara fotográfica. Pero por lo menos esas cosas, las cosas que yo más quería, se iban conmigo. Molly tuvo que darle su uniforme azul y blanco de animadora a una de las animadoras sustitutas, una chica llamada Lisa Halstead, quien aparentó entristecerse y condolerse, pero se notaba a las claras que todo era pura comedia; no podía esperar a volver a casa para probarse aquella falda plisada.

Y todo eso fue sólo el mes pasado. Parece como si hubiera sido hace cien años.

Es curioso, la diferencia que supone la edad de una casa. Eso no me debiera sorprender, porque la verdad es que la edad de una persona supone una gran diferencia, como pasa con Molly y conmigo. Molly tiene quince años, lo que significa que se da sombra de ojos cuando mamá no la pilla, y que se pasa horas delante del espejo poniéndose el pelo de diferentes maneras; se planta también allí de perfil, para ver qué tipo tiene, y habla por teléfono con sus amigas todas las tardes, casi siempre sobre chicos. Tardó unos dos días en hacer amistades en la nueva escuela, otros dos días más en tener chicos con los que salir, y a la semana siguiente la eligieron animadora sustituta.

Yo, en cambio, soy sólo dos años más pequeña, y eso supone, por lo que se ve, una gran diferencia, aunque no llego a entender por qué. No es sólo la cosa física, aunque eso sea parte del asunto. Si me pusiera de perfil delante de un espejo –cosa que no me molesto en hacer–, daría igual que si me pusiera de espaldas, para la diferencia que hay. Y no podría empezar a darme sombra de ojos ni aunque quisiera, pues no veo sin las gafas. Ésas son las cosas físicas; la diferencia real parece estar en que a mí no me interesan esas cosas. Y dentro de dos años, ¿me interesarán? ¿O me interesan ya ahora y hago como si no, engañándome a mí misma? No termino de saberlo.

¿Y de amigos, qué? Bueno, pues el primer día en la Escuela Comarcal, cuando el primer profesor dijo: "Margaret Chalmers" y yo le dije: "¿Le importaría llamarme Meg, por favor?", un chico que estaba en un extremo del aula exclamó en voz alta: "¡Meg *la nuez*!". Ahora, tres semanas más tarde, hay 323 personas en la Escuela Comarcal de Macwahoc Valley que me llaman Meg *la nuez* Chalmers. Ya conocéis el viejo dicho de que "Con amigos así, ¿quién necesita enemigos?".

Pero estaba hablando de la edad de las casas. Como había dicho mi madre, la casa fue construida en 1840. Así que tiene más de ciento cincuenta años. Nuestra casa de la ciudad tenía cincuenta. La diferencia que eso supone es que la casa de la ciudad era grande, con un millón de trasteros, escaleras y ventanas y un desván, con toda clase de sitios para estar a solas y para escaparse de los demás: sitios en los que una podía acurrucarse con un libro y pasarse horas sin que nadie supiera que estabas allí. Sitios que eran sólo míos, como el pequeño hueco en lo alto de la escalera del desván, donde clavaba en la pared mis fotos y mis acuarelas para hacer mi galería de arte privada, y nadie me daba la lata sobre los agujeros de las chinchetas en la pared.

Es importante, pienso yo, tener sitios así en la vida de una, secretos que sólo compartirás con quien tú elijas. Así se lo dije a Molly una vez, y ella no lo entendió, dijo que a ella le gustaría compartirlo todo. Y por eso le gustaba ser animadora, añadió; porque podía lanzar los brazos al aire y toda una multitud de gente respondía a su gesto con sus gritos y aplausos.

Aquí, en el campo, la casa es muy pequeña. Papá nos explicó que la construyeron así por lo difícil que era mantenerla caliente en aquellos tiempos. Los techos son bajos; las ventanas pequeñas, el hueco de la escalera es como un minúsculo túnel. Nada parece encajar bien. Los suelos están combados y hay amplios espacios entre las tablas de pino. Si cierras una puerta, se vuelve a abrir sola otra vez en cuanto te das la vuelta. Tampoco importa demasiado que las puertas no cierren, ya que de todas maneras no hay ningún sitio en el que estar en privado. ¿Para qué molestarse una en cerrar su habitación si ni siquiera es su propia habitación?

Cuando llegamos aquí, entré corriendo en la casa vacía, mientras los demás se quedaban aún parados en el patio, tratando de ayudar al camión de mudanzas a maniobrar en el nevado sendero de entrada. Subí el pequeño tramo de escaleras, eché una ojeada a mi alrededor, y vi los tres dormitorios, dos de ellos grandes y el minúsculo de en medio, justo junto al estrecho rellano. El techo de esa habitación estaba combado hasta casi tocar el suelo, y tenía una ventana que daba al bosque que había detrás de la casa; el papel de la pared era amarillo, muy desvaído y viejo, pero amarillo aún, con unas pequeñas hojitas verdes aquí y allá en su dibujo. Había apenas el sitio justo para mi cama, mi escritorio y mi estantería y las pocas cosas más que la harían realmente mía. Me quedé largo rato junto a aquella única ventana, mirando hacia el bosque.

Al otro lado de un campo que había, a la izquierda de la casa, vi, a lo lejos, otra casa; estaba vacía, con el exterior despintado, y las ventanas, algunas de ellas rotas, aparecían oscuras como si fueran ojos negros. El rectángulo de la ventana de la pequeña habitación era como el marco de un cuadro, y me quedé de pie pensando que me despertaría allí cada mañana, mirando por aquel marco, y cada día sería una nueva clase de cuadro. La nieve aumentaría de grosor; el viento arrebataría de los árboles aquellas pocas hojas últimas; del borde del tejado colgarían helados carámbanos; y luego, en primavera, todo se fundiría, cambiaría absolutamente y se tornaría verde. Habría conejos en el campo al despuntar la mañana. Flores silvestres. Tal vez vendría alguien a vivir en aquella casa abandonada, y, al mirar hacia aquel prado, se vería luz por la noche en aquellas ventanas ahora oscuras.

Por fin bajé. Mi madre estaba en el salón vacío, tratando de decidir dónde encajaría el gran sofá de la otra casa.

Papá y Molly estaban aún fuera, echando sal en el sendero para que los hombres de las mudanzas no resbalaran en la nieve.

—Mamá —dije—, la habitación pequeña es mía, ¿no?

Se paró un momento a pensarlo, tratando de recordar cómo era el piso alto de la nueva casa. Luego me pasó el brazo por los hombros y dijo:

—Meg, la habitación pequeña es para el estudio de papá. Ahí es donde terminará su libro. Molly y tú compartiréis la habitación grande del final del pasillo, la que tiene en la pared ese papel tan bonito de florecitas azules.

Mamá siempre trata de arreglar las cosas con gestos: abrazos, besitos echados desde lejos, saludos con la mano, muecas, sonrisas. A veces es una ayuda.

Subí otra vez arriba, a la habitación grande que no iba a ser sólo mía. Desde sus ventanas seguía viéndose el bosque y parte de la casa vacía del otro lado de los campos, pero la vista estaba obstruida en parte por el granero, grisáceo, grande y cayéndose a pedazos, que estaba pegado a nuestra casa por el costado. No era lo mismo. Soy bastante buena en eso de aprovechar el lado positivo de las cosas, pero es que no era lo mismo.

Ahora, sólo un mes más tarde, justo dos días antes de Navidad, la casa ya da la impresión de que se está viviendo en ella. Está calentita, y llena de sonido del fuego en las chimeneas, del ruido de la máquina de escribir de papá en el piso de arriba, y llena de olores de invierno, tales como el de botas puestas a secar, y el de canela, pues mi madre está haciendo tartas de calabaza y pastel de jengibre. Pero ahora Molly, que desea más que nada en el mundo abrir los brazos y compartir la vida, ha trazado esa raya, porque yo no puedo ser como esas multitudes que le sonríen y no puede compartir la mía.

Capítulo Dos

Por aquí están pasando cosas buenas. Eso me sorprende un poco. Cuando vinimos, pensé que sería un sitio donde no me quedaría más remedio que aguantar hasta pasar el mal trago, donde me encontraría sola durante un año. Donde nunca ocurriría nada en absoluto.

Y ahora, a todos nos están pasando cosas buenas. Bueno, con mamá es difícil saberlo; es de la clase de persona que, sea como sea, siempre disfruta con todo. Molly y mamá son muy parecidas. Se entusiasman y se emocionan tanto que le hacen creer a uno que ha ocurrido algo maravilloso; y luego, cuando te paras a pensarlo, resulta que no ha pasado nada en absoluto. Todas las mañanas, por ejemplo, mamá renueva la comida que pone en el comedero para pájaros que hay fuera de la ventana de la cocina. Dos minutos más tarde se para el primer pájaro a desayunar, y entonces mamá da un brinco, dice "Chiis" y va a mirar, y una se olvida de que el día anterior pasaron por allí 400 pájaros. O bien una planta de las que tenemos en la cocina echa una nueva hoja, y ella casi manda tarjetas de participación de nacimiento. Así que da la impresión de que a mamá siempre le están pasando cosas buenas.

Papá es más como yo; espera a que lleguen las cosas verdaderamente buenas, como si el emocionarse por las pequeñas pudiera impedir que ocurrieran las grandes. Pero el libro va muy bien, y dice que la causa ha sido el venir aquí.

Todas las mañanas se mete en el cuartito, cierra la puerta y coloca un ladrillo grande contra ella para que no se abra de repente mientras trabaja. Todavía sigue allí cuando Molly y yo volvemos de la escuela a las cuatro, y mamá dice que no sale en todo el día, excepto de vez en cuando, que aparece en la cocina, se pone una taza de café sin decir palabra, y vuelve arriba. Como un sonámbulo, dice mamá. Podemos oír la máquina de escribir a plena marcha; de vez en cuando le oímos arrancar de un tirón un folio o arrugarlo, y luego poner otro en el rodillo y empezar de nuevo a teclear.

Habla solo también –le oímos cuchichear a través de la puerta–, pero lo de hablar solo es buena señal. Cuando está callado, eso quiere decir que las cosas no van bien, pero le llevamos oyendo hablar solo en el pequeño cuartito desde que llegamos aquí.

Anoche bajó a cenar con aire muy preocupado, pero sonriendo para sus adentros de vez en cuando. Molly y yo estábamos hablando de la escuela, y mamá estaba contándonos que había decidido hacer un edredón de retales mientras viviéramos en el campo, aprovechando trozos de tela de toda la ropa que usamos Molly y yo cuando éramos pequeñas. Empezamos a recordar nuestros viejos vestidos –ahora ni siquiera usamos ya vestidos; me parece que yo no he usado otra cosa que vaqueros desde hace dos años–. Molly dijo:

—¡Qué risa! ¿Recuerdas aquel vestido tan feo que yo tenía, con unas mariposas, el que llevé en mi fiesta de cumpleaños, cuando cumplí seis?

Yo no me acordaba, pero mamá sí, se echó a reír y dijo:

17

—Molly, era un vestido precioso. ¡Aquellas mariposas estaban bordadas a mano! ¡Lo pondré en un sitio especial del edredón!

Papá no había oído una sola palabra, pero allí estaba, sentado, con una semisonrisa en el rostro. De repente dijo:

—¡Lydia, por fin creo que tengo cogido a Coleridge!

Y acto seguido se levantó de un salto, dejándose medio trozo de tarta de manzana, y volvió a su estudio, subiendo las escaleras de dos en dos. En seguida oímos de nuevo el ruido de la máquina.

Mamá le siguió con la vista con esa mirada cariñosa y especial que dedica a las cosas que son ligeramente tontas y extremadamente adorables. Se sonríe, y parece como que sus ojos pueden mirar hacia atrás, a sus recuerdos, y evocar todas las cosas que han contribuido a hacer a una persona tal como es. Con papá, creo que es para recordar cuando le conoció siendo estudiante, cuando debía de ser serio, despistado y muy bueno, tal como sigue siendo, pero joven, cosa que ya no es. En cuanto a mí, sé bien que sus recuerdos vuelven a todo tipo de frustraciones y confusiones, nunca fui una niña "fácil"; recuerdo que cuestionaba, discutía y me enfadaba. Pero su forma de mirarme sigue siendo la misma, con esa mirada cariñosa que olvida todas esas cosas. ¿Y Molly? También la he visto mirar así a Molly, y es algo más complicado, creo que cuando mamá mira a Molly, sus recuerdos retroceden aún más, a cuando ella misma era niña, por lo parecidas que son, y debe de ser una sensación muy curiosa la de verse una a sí misma creciendo de nuevo. Debe de ser como mirar al revés por el tubo de un telescopio: verse a sí misma joven, en la distancia.

La distancia, a decir verdad, es demasiado grande como para que el que mira pueda hacer otra cosa que mirar, recordar y sonreírse.

Molly tiene un "novio". Molly siempre ha gustado a los chicos. Cuando era pequeña, los chicos de la vecindad solían venir a arreglarle la bici; le dejaban sus patines, la traían a casa cuando se hacía raspones en las rodillas y esperaban ansiosos mientras le ponían una tirita; compartían con ella los caramelos y chocolatinas que les daban en las casas cuando iban a hacer sus bromas el día de Halloween. Cuando yo andaba ya rebuscando los últimos restos de mi bolsa de papel, dos semanas más tarde, y ya sólo me podía comer las manzanas arrugadas del fondo, a Molly aún le quedaban chocolatinas, regalo de los chicos de nuestra calle.

¿Cómo no les iba a gustar a los chicos una chica que tiene un aspecto así? Yo ya me he acostumbrado al aspecto de Molly porque llevo trece años viviendo con ella. Pero de vez en cuando le echo una ojeada y la miro como si fuera una extraña. Una noche, hace poco, estaba sentada delante de la chimenea haciendo sus deberes, y la miré porque quería hacerle una pregunta sobre los números negativos. El resplandor del fuego le daba en la cara, radiante como el oro, y el rubio cabello le caía por la frente, formando ondas sobre las mejillas hasta ir a dar en los hombros. Por un instante me pareció justo como la imagen que había en una tarjeta de Navidad que nos habían mandado unos amigos de Boston; era casi como de hadas. Estaba tan bella en aquel momento en que la miré, que me quedé casi sin aliento. Luego me vio mirarla, y me sacó la lengua, así que volvió a ser simplemente Molly, la misma de siempre.

Lo más probable, pienso, es que los chicos sólo vean siempre esa parte de ella, la parte bella. Y ahora, de repente, ese chico, Tierney McGoldrick, que juega en el equipo de baloncesto y es también delegado de la clase de los de tercero, está a todas horas mosconeando a su alrededor en la escuela. Siempre están juntos, y él le deja que se ponga su chaqueta de la escuela, con esas grandes letras "MV" a la espalda, que quieren decir Macwahoc Valley. Claro está que, como vivimos aquí, en medio del bosque, tan lejos de todo, no pueden realmente salir juntos. Tierney no tiene edad suficiente para conducir, y aunque quisiera hacerlo desde el sitio donde vive, la mitad de la distancia es una carretera de tierra que está generalmente cubierta de nieve. Pero le telefonea todas las noches sin dejar una. Molly se lleva el auricular hasta la despensa, de manera que el largo cordón, estirado, cruza por medio de la cocina, y mi madre y yo tenemos que dar un saltito por encima mientras recogemos los platos de la cena. Mamá cree que es muy divertido. Pero mamá, claro, tiene también el pelo ondulado y probablemente fue en sus tiempos tan guapa como Molly. Tal vez sea el que yo tengo el pelo liso y estirado y llevo gafas la razón por la que todo este asunto me pone un poco triste.

Así que papá tiene cogido a Coleridge, y él sabrá lo que quiere decir eso, y Molly tiene cogido a Tierney McGoldrick. En cuanto a mí, no puedo decir realmente que tenga cogido nada, pero también me están pasando aquí cosas buenas.

Tengo un nuevo amigo.

Justo después de Año Nuevo, antes de que se acabasen las vacaciones, salí a dar un paseo. Era un paseo que tenía intención de dar desde el momento en que nos mudamos a la casa, pero habíamos estado tan ocupados, primero con la escuela y arreglando la casa, luego con las Navidades y luego volviendo a la normalidad tras pasar Navidad, que, vamos, no sé, nunca encontraba el momento oportuno. Creo que me gusta imaginarme que fue el destino quien me mandó a dar ese paseo concreto en ese día concreto. El destino, y el hecho de que por fin salió el sol, al cabo de semanas de nieve y cielos grises.

Cogí mi cámara –era la primera vez que la sacaba desde que nos vinimos a vivir al campo– y eché a andar, toda arrebujada en mi anorak y protegida por unas gruesas botas, camino adelante por la carretera de tierra que pasaba al lado de casa. Me dirigí hacia la casa abandonada que se veía desde la ventana de arriba al otro lado de los campos.

La nieve me impidió acercarme lo suficiente. La casa está muy apartada de la carretera, y, claro, el sendero de acceso, que era a su vez como otra estrecha carretera, no había sido limpiado de nieve. Así que me quedé plantada, pateando el suelo con los pies para entrar en calor, y me quedé mirándola durante mucho rato. La casa me recuerda a un ciego que fuese muy honrado y bondadoso. Ya sé que esto parece una tontería. Pero tiene ese aspecto de honradez por lo firme y recta que es. Es una casa muy vieja —lo sé por la manera cómo está construida, con una chimenea central, y por todas las demás cosas de las que me he enterado viviendo en nuestra antigua casa—, pero sus esquinas son cuadradas como los hombros rectos de un hombre que estuviese sacando pecho. Nada en ella está combado. Es, pese a eso, una casa estropeada, sin pintura, de modo que las viejas planchas de madera están gastadas por el viento y la lluvia. Será por eso por lo que me parece bondadosa, porque no le importa ser pobre y estar sin pintura; hasta parece orgullosa de ello. Y ciega porque no me devuelve la mirada. Las ventanas están vacías y oscuras. No es algo que dé miedo. Sólo está como esperando y pensando en algo.

Hice un par de fotos de la casa desde la carretera y seguí andando. Sabía que la carretera de tierra termina una milla más allá de nuestra casa, pero nunca había llegado hasta el final. Los autobuses de la escuela dan la vuelta en nuestro sendero de entrada, y por esta carretera no pasa nunca ningún otro coche, excepto una camioneta desvencijada que lo hace de vez en cuando.

Esa misma camioneta estaba aparcada al final de la carretera, junto a una casita minúscula y deteriorada por el clima, una casa que parecía el primo lejano y pobre de la que yo acababa de pasar. Un primo anciano, frágil pero muy orgulloso. De la chimenea salía humo, y había cortinas en las dos ventanitas de ambos lados de la puerta. En el jardín, un perro, que golpeó el rabo contra un bancal de nieve cuando me vio llegar. Y junto a la camioneta… no, a decir verdad, dentro de la camioneta, o por lo menos con la cabeza dentro de ella, bajo el capó, había un hombre.

—Hola —dije en voz alta. Habría sido tonto darse la vuelta y echar a andar hacia casa sin decir nada, aunque toda mi vida haya prometido a mis padres que nunca hablaría con extraños.

Él sacó la cabeza, una cabeza llena de canas, con un gorro de lana roja, se sonrió –con una sonrisa agradable– y dijo:

—Señorita Chalmers. Me alegra que vengas de visita.

—Meg —dije yo automáticamente. Estaba perpleja. ¿Cómo sabía quién era yo? Nuestro nombre ni siquiera está en el buzón.

—¿Por Margaret? —preguntó, acercándose y estrechándome la mano, o al menos, el guante, en el que dejó una mancha de grasa—. Perdona. Tengo las manos muy sucias. Me he quedado sin batería con este tiempo tan frío.

—¿Cómo lo ha sabido?

—¿Cómo he sabido que Meg quería decir Margaret? Porque Margaret se llamaba mi esposa; y, por lo tanto, es uno de mis nombres favoritos. Y yo a veces la llamaba Meg, aunque nadie más lo hiciera.

—En la escuela me llaman Meg *la nuez*. Apuesto a que nadie llamó nunca Meg *la nuez* a su esposa.

Se echó a reír. Tenía unos preciosos ojos azules, y en su rostro las arrugas formaron nuevos dibujos.

—No —reconoció—, la verdad es que no. Pero no le hubiese importado. La nuez moscada era una de sus especias favoritas. Jamás habría hecho una tarta de manzana sin ella.

—Lo que yo quería decir, sin embargo, cuando dije: "¿Cómo lo ha sabido?", es que cómo ha sabido que me apellido Chalmers.

Se secó las manos en un trapo grasiento que colgaba de la manecilla de la puerta de la camioneta.

—Discúlpame, querida. Ni siquiera me he presentado. Me llamo Will Banks. Y hace demasiado frío para quedarse parado aquí fuera. Debes de tener los dedos de los pies ateridos, incluso con esas botas. Pasa adentro y prepararé una taza de té para los dos. Y te diré cómo sé tu nombre.

Me figuré en un instante la escena, cuando le dijera a mi madre: "Así que entré en su casa" y me imaginé igualmente a mi madre diciendo: "¿Que entraste en su casa?"

Él me vio vacilar y se sonrió.

—Meg —dijo—, tengo setenta años. Soy absolutamente inofensivo, incluso para una guapa jovencita como tú. Anda, pasa, hazme compañía un rato y caliéntate.

Me eché a reír, porque adivinó lo que yo estaba pensando, y muy poca gente sabe nunca lo que pienso. Luego entré en su casa.

Vaya sorpresa. Era una casa minúscula y muy vieja, y desde fuera parecía como si se fuera a caer en cualquier momento. A decir verdad, también su camioneta era muy vieja y parecía que se iba a derrumbar en cualquier instante. Y también el propio señor Banks era viejo, aunque él no parecía estar derrumbándose.

Pero por dentro, la casa era preciosa. Todo era perfecto, como si fuera una casa que yo me hubiese imaginado o hubiera pintado en sueños. En la planta baja sólo había dos habitaciones. A un lado del pequeño recibidor de delante estaba el salón; las paredes estaban pintadas de blanco, y había en el suelo una alfombra oriental, de tonalidades azul y rojo. Una gran chimenea, con un cuadro que era una verdadera pintura, no una reproducción, colgado encima de la repisa. Un jarrón de estaño sobre una mesa pulida. Un butacón de orejas con todo el tapizado de punto de aguja –hecho todo a mano, según pude ver, pues mi madre hace a veces punto de aguja–. La luz del sol daba en las pequeñas ventanas y, a través de los blancos visillos, hacía dibujos en la alfombra y las butacas.

Al otro lado del recibidor estaba la cocina. Allí fuimos el señor Banks y yo tras enseñarme el salón. En la cocina estaba encendida una estufa de leña, con una humeante tetera de cobre encima. Había puesta una mesa redonda de pino con mantelitos azules hechos a mano, con un frutero azul y blanco en medio, en el que había tres manzanas, como si fuese un bodegón. Todo estaba frotado y reluciente y en el sitio justo.

Me recordó una canción que solíamos cantar en el jardín de infancia, cuando nos sentábamos en nuestros pupitres y juntábamos las manos: "Todos sentados en el preciso instante, y todos con la cara bien brillante", cantábamos. Oía la letra en mi cabeza, las vocecitas de todos aquellos niños de cinco años, y era un buen recuerdo; la casa del señor Banks era así, llena de recuerdos cálidos, de cosas en su sitio justo, una casa sonriente.

Me quité la chaqueta, Will la colgó junto a la suya, y sirvió té en dos grandes tazones de loza.

Nos sentamos a la mesa, en unas sillas de pino que relucían hasta parecer casi doradas por la combinación de su madera vieja, la cera y la luz del sol.

—¿Es la pequeña habitación que hay en lo alto de las escaleras la tuya? —me preguntó.

¿Cómo sabía él lo de la pequeña habitación?

—No —le expliqué—. Yo quería que lo fuese. Es perfecta. Se puede ver la otra casa que hay cruzando el campo, ¿sabe? –él asintió con la cabeza: lo sabía–, pero mi padre necesitaba esa habitación. Está escribiendo un libro. Así que mi hermana y yo compartimos la habitación grande.

—La habitación pequeña era mía —dijo— cuando era niño. Alguna vez que tu padre no esté trabajando allí, entra y echa una ojeada en el armario. Encontrarás en el suelo del armario mi nombre grabado a navaja, si nadie ha lijado el suelo. Mi madre me zurró por hacerlo. Yo tenía entonces ocho años, y me habían encerrado en mi habitación por ser maleducado con mi hermano mayor.

—¿Vivía usted en mi casa? —pregunté sorprendida.

Él se rió de nuevo.

—Mi querida Meg —dijo— eres tú la que vives en mi casa. Esa casa la construyó mi abuelo. A decir verdad, construyó primero la que hay al otro lado del campo. Luego construyó la otra, donde vivís. En aquellos días las familias permanecían juntas, claro, y construyó la segunda casa para su hermana, que nunca se casó. Más tarde se la dio a su hijo mayor –mi padre– y mi hermana y yo nacimos allí los dos.

”Pasó a ser mi casa cuando me casé con Margaret. La llevé allí a vivir cuando era una recién casada, con dieciocho años de edad. Mi hermana se había casado y se había ido a vivir a Boston. Ya ha muerto. Mis padres, por supuesto, ya han desaparecido. Margaret y yo no tuvimos hijos. Así que no queda nadie más que yo. Bueno, eso no es enteramente cierto: está el hijo de mi hermana, pero eso es otra historia.

”De todas formas, el hecho es que aquí no queda nadie en el campo más que yo. Hubo veces, cuando yo era joven y Margaret estaba conmigo, en que sentí la tentación de marcharme, de coger un empleo en la ciudad, de hacer mucho dinero, pero… —Encendió la pipa, y se quedó callado un momento, evocando el pasado—. Bueno, ésta fue la tierra de mi abuelo, y de mi padre, antes de ser mía. No hay mucha gente que entienda eso hoy, lo que eso significa. Pero yo conozco esta tierra. Conozco cada una de sus piedras, todos y cada uno de sus árboles. No sería capaz de dejarlos.

”Esta casa antes era la vivienda del hombre que trabajaba para nosotros. La he arreglado algo y es una buena casita. Pero las otras dos casas siguen siendo mías. Cuando subieron los impuestos, simplemente no pude permitirme mantenerlas abiertas. Me trasladé aquí después de la muerte de Margaret, y he alquilado las casas de la familia cada vez que se ha presentado alguien que tenía alguna razón para vivir esta soledad.

”Cuando oí que tus padres estaban buscando un sitio, les ofrecí la casa pequeña. Es un sitio perfecto para un escritor, la soledad estimula la imaginación, creo.

"Vienen otras personas de vez en cuando, pensando que puede ser un sitio barato para vivir, pero no estoy dispuesto a alquilárselas a cualquiera. Por eso es por lo que la casa grande está vacía ahora: aún no ha aparecido la familia adecuada.

—¿Se siente usted solo aquí alguna vez?

Terminó su té y dejó la taza sobre la mesa.

—No. Llevo aquí toda la vida. Echo de menos a mi Margaret, claro. Pero tengo a Tip –el perro levantó la vista al oír su nombre, y empezó a golpear el piso con la cola– y hago de vez en cuando algún trabajo de carpintería en el pueblo, cuando la gente me necesita. Tengo libros. Y eso es realmente todo lo que necesito.

"Desde luego —sonrió—, es agradable tener una nueva amiga como tú.

—Señor Banks…

—Oh, por favor, por favor. Llámame Will como hacen todos mis amigos.

—Will, entonces. ¿Le importaría que le hiciese una foto?

—Querida —dijo enderezando los hombros y abrochándose el botón superior de su camisa a cuadros—, me sentiría muy honrado.

La luz que entraba por la ventana de la cocina le daba en la cara: era ya una suave luz; se había hecho ya tarde, ese momento del atardecer en que todas las sombras muy marcadas desaparecen. Estaba allí sentado, fumando su pipa y hablando, y yo terminé todo el carrete de fotos, disparando rápidamente mientras él gesticulaba y sonreía.

Todas esas ocasiones en que me siento torpe e inepta, todas, se ven compensadas cuando tengo en las manos mi cámara, cuando puedo mirar a través del visor y experimentar la sensación de que puedo controlar el enfoque, la luz y la composición, de que puedo capturar lo que veo, de un modo que nadie más está viéndolo. Y así me sentí mientras hacía la foto de Will.

Saqué el carrete terminado y me lo llevé a casa metido en el bolsillo como si fuera un secreto. Cuando volví la cabeza desde la carretera, Will estaba de nuevo junto a su furgoneta, diciéndome adiós con la mano. Tip estaba otra vez en un montón de nieve, dando golpes con el rabo.

Y en mi interior, muy dentro de mí, había otra cosa más que me calentaba el corazón mientras iba de vuelta a casa, y eso a pesar de que el sol ya estaba poniéndose y el viento soplaba por encima de los montones de nieve que había a ambos lados de la carretera, y me arrojaba a los ojos un polvillo menudo que escocía. Era el hecho de que Will Banks me hubiese llamado guapa.

Capítulo Tres

Febrero es el peor mes en Nueva Inglaterra. Así lo creo yo, por lo menos. Mi madre no está de acuerdo conmigo. Mamá dice que es abril, porque en abril todo se vuelve barro; la nieve se funde, y cosas que habían estado enterradas todo el invierno –porquerías de los perros, guantes perdidos, botellas de cerveza arrojadas desde los coches– reaparecen todas, todavía congeladas en parte y formando unas mezclas heladas que son mitad y mitad restos grisáceos de nieve vieja y comienzos amarronados de barro. Montones de ese barro, por supuesto, terminan yendo a parar al suelo de la cocina, que es por lo que mi madre odia abril.

Mi padre, a pesar de que siempre le recita un poema que empieza "Abril es el mes más cruel" a mi madre, cuando ella está fregando el suelo de la cocina en primavera, coincide conmigo en que febrero es el peor. La nieve, con la que en diciembre se divertía una mucho, es simplemente aburrida, sucia y fría sin más en febrero. Y ese mismo cielo que era azul en enero, un mes más tarde no es más que blanco, tan blanco que a veces no puede una distinguir dónde termina el cielo y dónde empieza la tierra. Y hace frío, un frío que pela, esa clase de frío con el que sencillamente no se puede salir fuera. No he ido a ver a Will, porque hace demasiado frío para caminar una milla por la carretera. No he hecho ninguna foto, porque hace demasiado frío para quitarse los guantes y manejar la cámara.

Y papá no puede escribir. Se mete en la pequeña habitación y se sienta, todos los días, pero la máquina de escribir está silenciosa. Ese silencio es casi ruidoso, por lo conscientes que todos somos de él. Me ha dicho que se queda sentado mirando por la ventana a toda esa blancura y que es incapaz de captar nada. Yo le entiendo: si yo fuese capaz de salir con mi cámara en pleno frío, la película no sería capaz de captar los bordes y contornos de las cosas, porque todo se ha fundido en la masa desolada y sin color de febrero. Para papá, todo se ha fundido en su mente en una masa que no tiene perfiles, y no puede escribir. Le he enseñado el suelo del armario, donde se ve el nombre William grabado en la madera.

—Will Banks es un hombre fascinante —dijo papá echándose hacia atrás en su butaca de cuero frente a la máquina de escribir. Él estaba tomando una taza de café, y yo tomaba té. Era la primera vez que le visitaba en el cuartito, y parecía contento de tener compañía—. Sabes, es un hombre muy instruido, y es un ebanista de primera. Podría haber ganado una fortuna en Boston o en Nueva York, pero no ha querido dejar esta tierra de ningún modo. La gente de por aquí piensa que está un poco loco. Pero yo no sé, no sé.

—No está loco, papá. Es muy bueno. Pero es una pena que tenga que vivir en esa diminuta casita, cuando posee estas grandes que eran de su familia.

—Bueno, él es feliz aquí, Meg, y a la felicidad no se le pueden poner pegas. Desgraciadamente, tiene un sobrino en Nueva York que va a crear problemas a Will, me temo.

—¿Qué quieres decir? ¿Cómo puede crear alguien problemas a un hombre mayor que no se mete con nadie?

—No estoy seguro. Ojalá yo supiera más de leyes. Al parecer, el sobrino es el único pariente que tiene. Will es el dueño de toda esta tierra, y de las casas –se las dejaron a él– pero cuando muera, todas irán a parar a ese sobrino, el hijo de su hermana. Son unas propiedades de mucho valor. Puede que a ti no te parezcan gran cosa, Meg, pero estas casas son verdaderas antigüedades, el tipo de casa que a mucha gente de las grandes ciudades les gustaría comprar. El sobrino, al parecer, querría que a Will le declarasen lo que la ley llama "incompetente" que significa ni más ni menos que loco. Si pudiera hacer eso, controlaría la propiedad. Le gustaría vendérsela a ciertas personas que quieren construir apartamentos para turistas, y convertir la casa grande en un hotel.

Yo me puse de pie y miré por la ventana, campo a través hacia donde la casa vacía recortaba su silueta gris contra la blancura del cielo, con su alta chimenea de ladrillos irguiéndose recta sobre la marcada línea del tejado. Me imaginé una monería de cortinas azules en las ventanas, y un letrero sobre la puerta que dijera: "Se aceptan las Principales Tarjetas de Crédito". Vi en mi imaginación un aparcamiento lleno de coches y de campistas procedentes de diferentes estados.

—No pueden hacer eso, papá —dije. Luego convertí mi afirmación en pregunta—. ¿Pueden hacerlo?

Mi padre se encogió de hombros.

—No creo. Pero la semana pasada me llamó por teléfono el sobrino, y me preguntó si era cierto lo que había oído de que la gente del pueblo llama a Will "Will el Chiflado".

—¿Will el Chiflado? ¿Y qué le dijiste?

—Le dije que en mi vida había oído nada tan ridículo, y que dejase de molestarme, porque estaba muy ocupado escribiendo un libro que iba a cambiar radicalmente toda la historia de la literatura.

Eso nos provocó un ataque de risa. El libro que iba a cambiar toda la historia de la literatura estaba desperdigado en montoncitos de hojas por todo el escritorio de mi padre, en el suelo, en por lo menos cien hojas arrugadas de papel de máquina que había en la gran papelera, y en dos hojas que había convertido en aviones de papel haciéndolos volar por la habitación. Nos reímos sin parar.

Cuando pude dejar de reírme, me acordé de algo que le había querido preguntar a mi padre.

—Sabes, el mes pasado, cuando visité a Will, le hice una foto.

—Ah, sí ¿eh?

—Estaba sentado en la cocina, fumando su pipa y mirando por la ventana y hablando. Tiré un carrete entero. Y sabes, papá, tiene unos ojos muy brillantes, y una cara muy viva, llena de recuerdos y pensamientos. Todo le interesa. Pensé en eso cuando dijiste lo de Will el Chiflado.

—¿Me vas a dejar ver las fotos?

Me sentí un poco boba.

—Bueno, todavía no he podido revelarlas, papá. Como todos los días tengo que coger pronto el autobús para venir a casa, no puedo usar el cuarto oscuro de la escuela. Es sólo que me acuerdo del aspecto de su cara cuando le fotografié.

Mi padre se incorporó en su silla de repente.

—¡Meg —dijo—, tengo una gran idea! —Parecía un niño al decirlo. Una vez nos dijo mamá a Molly y a mí que no le importaba no haber tenido hijos varones, porque papá se comporta a menudo como un niño, y ahora comprendía exactamente lo que quiso decir. Parecía un chico de diez años que un sábado por la mañana tuviera en la cabeza un proyecto emocionante y probablemente imposible—. ¡Montemos un cuarto oscuro! —dijo.

Yo apenas podía dar crédito a lo que oía.

—¿Aquí? —pregunté.

—¿Por qué no? Mira, yo no sé nada sobre fotografía. Tú tendrás que ser la asesora experta. Pero sí sé montar cosas. Y necesito tomarme unas vacaciones en mi trabajo de escribir. ¿Podría terminarlo en una semana?

—Claro, supongo que sí.

—¿Qué necesitaríamos?

—Un sitio, en primer lugar.

—¿Qué te parece ese pequeño trastero del pasadizo que hay entre la casa y el granero? Eso es suficientemente grande, ¿no?

—Desde luego. Pero es demasiado frío, papá.

—Ajajá. Eh, tienes que pensar, asesora. Necesitamos un calentador —Volvió a su escritorio, cogió una hoja de papel nueva, y escribió—. Uno. Calentador —A mi padre le encanta hacer listas—. ¿Qué viene luego?

—Veamos. Allí ya hay estantes. Pero necesito una superficie lisa y amplia, una especie de mostrador.

Lo escribió.

—Y luces especiales. Se llaman luces de seguridad. Ya sabes, para que el papel fotográfico no se vele por accidente.

—No es problema. Allí hay electricidad. ¿Qué más? Necesitarás muchos aparatos, ¿no? Si vamos a tener un cuarto oscuro, más vale que sea el mejor cuarto oscuro posible.

Yo suspiré. Veía ya cuál iba a ser el problema. Pero, según he dicho, a mi padre le encanta hacer listas. Pero qué diablos. Le empecé a decir todo lo que hacía falta para un cuarto oscuro: una ampliadora, un temporizador, bandejas, productos químicos, papel fotográfico, depósitos de revelado, termómetros especiales, filtros, una lente de enfoque. La lista se hizo muy larga y papá siguió en una segunda hoja de papel. Tenía cierta gracia, escribir toda aquella lista, aunque yo sabía que no era más que un sueño. Era un sueño que llevaba teniendo mucho tiempo, un sueño del que nunca le había hablado a nadie.

—¿Dónde se puede encontrar todo esto? —preguntó.

Fui a mi habitación, cogí una de mis revistas de fotografía y volví con ella. Miramos los anuncios de las páginas de atrás: Nueva York. California. Boston.

—Boston —dijo con voz de triunfo—. Fantástico. Tengo que ir allí de todas maneras a ver a mi editor; a lo mejor lo hago esta misma semana —anotó el nombre y la dirección de la compañía—. Vamos a ver. ¿Cuánto va a costar todo esto?

Yo me eché a reír aunque realmente no tenía ninguna gana de reírme. Era muy típico de mi padre, el que no se le ocurriera pensar en el problema evidente hasta el último momento. Miramos la lista de precios de la compañía de Boston, escribimos los precios en el papel de mi padre y por último lo sumamos.

En su cara se dibujó el desánimo. Menos mal que yo había sido consciente todo el tiempo de que era un sueño; eso hacía más pequeña la desilusión. Pobre papá; él había pensado que todo era real, y le pilló por sorpresa el que no lo fuese.

Pero los dos nos seguimos riendo muy fuerte, porque ninguno quería que el otro se pusiera triste.

—Escucha, Meg —dijo lentamente, doblando la lista y dejándola en una esquina de su escritorio—. A veces cuando estoy sentado trabajando en el libro, se me presenta un problema que parece insuperable. Cuando ocurre eso, yo simplemente lo dejo durante algún tiempo. Lo tengo ahí almacenado en alguna parte de la cabeza, pero no me desespero sobre ello. ¿Entiendes lo que quiero decir?

Yo asentí con la cabeza. Sé muy bien cómo no desesperarme.

—Hasta ahora —exclamó—, todos esos problemas se han resuelto solos. Sin saber cómo, de repente, aparecen las soluciones. Bueno, pues te voy a decir lo que quiero que hagas —tamborileó con el dedo la lista que había doblado—. Quiero que apartes esto de tus pensamientos durante algún tiempo, pero que lo tengas ahí como almacenado en alguna parte donde tu subconsciente pueda estar dándole vueltas.

—Vale —dije.

—Y ahora, antes de que pase mucho tiempo, aparecerá la solución. Estoy absolutamente seguro. Y lo más probable es que sea pronto, ya que estarán trabajando los subconscientes de los dos.

Me eché a reír. Él la mar de seguro, y yo no me lo creí ni por un momento.

—De acuerdo —le prometí.

—¿O habría que decir "subesconscientes"? En plural, quiero decir.

—Papá —dije, cogiendo las tazas vacías para llevarlas a la cocina—, el profesor de Lengua eres tú.

Mamá estaba en la cocina, sentada junto a la chimenea y dando puntadas a su edredón. Estaba emocionadísima con ese edredón, y la verdad es que era bonito, a juzgar por lo que había hecho ese momento.

Pero a Molly y a mí nos daba un cierto repelús cuando lo mirábamos muy de cerca, supongo que porque estaba lleno de recuerdos; la verdad es que algunos recuerdos más vale olvidarlos, especialmente cuando no ha vivido una todavía mucho después de ocurrir los hechos. Allí estaba el vestido de las mariposas, el que Molly siempre aborreció justo cerca del centro. Junto a él estaba una pieza a rayas azules y blancas que no quería que me recordasen. Era parte del vestido que llevé en mi fiesta de cumpleaños cuando hice cinco, el día en que vomité encima de toda la mesa, justo después de que sirvieran la tarta. Allí estaba el rosa con florecitas que llevé a la escuela dominical el Domingo de Pascua cuando tenía que decir un poema delante de toda la gente que llenaba el salón y olvidé hasta la última palabra y me eché a llorar, cuando tenía a lo mejor unos seis años. Allí estaba también la falda a cuadros escoceses que Molly llevó el primer día que fue a la escuela secundaria, cuando no se dio cuenta de que todas las demás chicas llevarían vaqueros. Y allí estaba un trozo de mi viejo uniforme de Brownie; yo aborrecía las Brownies, siempre me gastaba la cuota en caramelos antes de llegar allí, y me reñían todas las semanas.

—¿Qué es ese trozo blanco con bordados? —le pregunté a mamá. A ella realmente le encantaba cuando Molly y yo nos interesábamos por el edredón.

Dio la vuelta al edredón y lo sujetó mirando a la ventana para poder ver el trozo que yo le decía. Entonces apareció un gesto de nostalgia en su rostro.

—Oh —dijo, evocadora—, eso es el primer sujetador que tuvo Molly.

—¿¿Qué??

Yo ni siquiera me había dado cuenta de que Molly estuviera allí hasta que saltó con ese "¿¿Qué??". Estaba tumbada en un sofá que había en el rincón (Las casas viejas están muy bien, en muchos sentidos. ¿Cuántas casas tienen un sofá en la cocina?). De hecho no me sorprendió que estuviese allí. Molly llevaba con fiebre todo febrero, y es casi como algo fijo allí, o como un mueble más ahora, tumbada en ese sofá con su paquete de pañuelos.

En cierto modo, resulta entretenido que Molly esté enferma, porque así está en casa todo el tiempo, en vez de estar fuera con sus amigos cuando sale de la escuela y los fines de semana. Hacemos cosas que no habíamos hecho desde que éramos pequeñas, como jugar al Monopoly. Es divertido jugar con Molly a juegos tontos así porque no se los toma en serio. Yo, venga a construir hoteles por todas partes, incluso en esa estúpida y vieja Baltic Avenue, y cuando ella echa los dados, y se da cuenta de que va a caer donde yo tengo hoteles, empieza a hacer muequecitas. Va avanzando su pieza acercándose cada vez más y riéndose cada vez más fuerte, hasta que llega allí, y luego la deja caer de golpe, ¡zas!, junto al hotel, y empieza a contar todo su dinero.

—Me has pescado —dice—. ¡Me has limpiado completamente! —y luego me da su dinero, riéndose, y dice inmediatamente—. Juguemos otra vez.

Yo soy una malísima perdedora. Me pongo a dar vueltas refunfuñando "No hay derecho", cuando pierdo. En cierta ocasión en que me estaba sintiendo estúpida e infantil porque había llorado después de perder al "tres en raya", y le había dicho a

Molly: "¡Me has hecho trampas!", aunque sabía bien que no me las había hecho, estuve pensado en que por qué habrá esa diferencia entre nosotras.

Creo que es porque Molly siempre ha ganado en las cosas importantes; en las que son importantes para ella, como en lo de conseguir ser animadora, y lo de tener el chico más guapo; así que las cosas pequeñas, como las partidas de Monopoly, no le importan.

Quizás yo un día, si tengo éxito en algo, dejaré de decir "No hay derecho" a propósito de todo lo demás.

El que Molly esté enferma es también un fastidio. Está hecha una gruñona, lo cual no es propio de ella, por estarse perdiendo la escuela —lo que significa estarse perdiendo a Tierney McGoldrick, aunque él la llama todos los días— y porque le preocupa su aspecto. No puede sentirse demasiado mal, porque se pasa un montón de tiempo delante del espejo de nuestra habitación, probando a arreglarse el pelo, que se le ha puesto como ralo, y dándose colorete en la cara, porque la tiene muy pálida.

A veces, cuando Molly está ocupada con el cepillo y las horquillas, poniéndose todavía más guapa, lo cual no es necesario, me gustaría que se fijase en mi pelo y que se ofreciese a hacer algo para mejorarlo. No termino de atreverme a pedírselo. Estoy casi segura de que no se reiría de mí, pero no me decido a arriesgarme.

—Molly, no te levantes —dijo mamá con un suspiro, al ver que Molly estaba a punto de cruzar la habitación en dos saltos para examinar aquel trozo de su sujetador—. Te empezará otra vez lo de la nariz.

La gripe de Molly consiste sobre todo en hemorragias nasales. Mamá dice que eso es porque está en la adolescencia; mamá dice eso de casi todo. El médico del pueblo dice que es a causa del tiempo frío, que hace daño a las membranas nasales. Sea lo que sea, es un verdadero asco. Aunque su lado de nuestra habitación está todavía de un limpio que revienta, la alfombra está salpicada de las condenadas hemorragias de Molly, lo cual para mí es mucho más fastidioso que cualquier otra cosa que yo deje tirada en mi lado.

De todas maneras era la hora de la cena. Mamá dejó el edredón, lo que puso fin a la discusión que iban a tener a propósito del sujetador, y sirvió chuletas de cerdo y salsa de manzana en la mesa de la cocina. Yo tuve que apartar mi plato de ensalada para hacer sitio para el paquete de "Kleenex" de Molly. Papá no dijo nada, a pesar de que le gusta que la mesa esté impecable y limpia para la cena, pues habíamos tenido un par de cenas muy poco agradables dos veces que Molly no se trajo sus "Kleenex".

Fue una cena muy callada, con Molly comiendo con mucho cuidado a causa de su nariz, y papá y yo un poco preocupados los dos porque no es tan fácil almacenar algo en tu subconsciente y tenerlo ahí apartado. Mamá empezaba una y otra vez conversaciones que se terminaban porque nadie se unía a ellas. Por fin dejó el tenedor, suspiró y dijo:

—Sabéis, con todo lo que me gusta este sitio, incluso en invierno, me alegraré mucho de que venga el verano. Tú estarás más animado con el libro, Charles, porque estará casi terminado, y vosotras, niñas, podéis ir de campamento y no estaréis tan aburridas…

—Campamento —dije de repente—. Campamento.

Mi madre se me quedó mirando. Molly y yo hemos ido al mismo campamento todos los veranos desde que yo tengo ocho años y ella diez.

—Campamento —dijo mi padre de repente, mirándome con una cara en la que se dibujaba una mueca.

—¿Cuánto cuesta el campamento? —le pregunté a mi madre.

Ella refunfuñó de mentirijillas.

—Mucho —dijo—. Pero no te preocupes por eso así de repente. Tu padre y yo siempre hemos pensado que ir al campamento era lo suficientemente importante, así que todos los meses ahorramos algo de dinero para ello. No os preocupéis, podréis ir al campamento.

—Mamá —dije lentamente—, ¿tengo que ir al campamento?

Ella se quedó asombrada. Yo he ganado el premio a la mejor campista dos años seguidos en mi grupo de edad.

—Naturalmente que no tienes que ir, Meg, pero yo creía...

—Lydia —anunció mi padre—, mañana voy a Boston. Tengo que ver a mi editor, y voy a hacer unas compras. Meg y yo vamos a construir un cuarto oscuro en el trastero que hay al lado del granero, si a Will Banks no le importa. Le llamaré esta noche, Meg.

Mi madre se quedó allí sentada, con un trozo de lechuga pinchado en el tenedor, y moviendo la cabeza de uno a otro lado. Se echó a reír.

—Esta familia está absolutamente pirada —dijo—. No tengo la menor idea de lo que está hablando nadie. Molly, tu nariz.

Molly cogió un "Kleenex" y se apretó la nariz. Desde detrás de su "Kleenex" dijo toda arrogante:

—Tampoco yo sé de lo que está hablando nadie. Pero yo voy a ir al campamento, vaya Meg o no.

Luego soltó una risita. Hasta la propia Molly se daba cuenta de lo ridícula que parecía y sonaba, gangueando desde detrás de un puñado de pañuelos de papel.

—Es decid —añadió—, si mi nadiz pada alguna vez de sangrad.

Capítulo Cuatro

De repente sé lo que siente papá cuando completa un capítulo del libro, o mamá, cuando una de sus plantas florece de repente, o cuando termina una nueva sección del edredón, y anda por ahí con una sonrisa en el rostro todo el día, incluso cuando no la está mirando nadie. Sé lo que debió de sentir Molly cuando Tierney McGoldrick le pidió que fueran en serio, cosa que ocurrió hace dos semanas.

Ese día volvió a casa llevando al cuello una cadena con un diminuto balón de baloncesto, y estaba tan radiante y llena de risitas, sin parar de moverse de un lado para otro, que mamá tuvo por fin que decirle que se calmase para que su nariz, que ya había vuelto a la normalidad, no tuviese una recaída.

La nariz de Molly había dejado por fin de sangrar a principios de marzo, aproximadamente por la misma época en que salió el sol después de un mes de frío gris; el doctor Putman, el del pueblo, dijo que eso probaba lo que él había pensado, que el mal tiempo estaba causando sus hemorragias nasales. Molly dijo que le importaba un pimiento lo que las causase, que simplemente se alegraba de que se hubiesen acabado, y que se alegraba de poder volver a la escuela. Papá dijo que sentía mucho no haber comprado acciones de la compañía "Kleenex".

Yo apenas he visto el sol, porque he estado encerrada en mi cuarto oscuro. Ha sido mi padre quien lo ha hecho, justo como decía que lo haría, y todo está tal y como yo lo soñaba. No hay nada que mi padre no pueda hacer.

Las primeras fotos que revelé fueron las de Will Banks. Había tenido ese rollo de película guardado en un cajón bajo mis calcetines de invierno desde hacía casi dos meses. Estaba absolutamente aterrada cuando lo revelé –aterrada de que se me hubiese olvidado cómo se hacía, y de que algo me hubiese salido mal–. Pero cuando saqué la tira de negativos del depósito y la puse contra la luz, había en ella dos fotos de la vieja casa del otro lado del campo y luego treinta y cuatro fotos de Will, mirándome de treinta y cuatro modos diferentes. Me sentí un genio, una artista.

Cuando los negativos estuvieron secos, los positivé todos en una hoja. Es difícil saber, por los negativos, el aspecto exacto que tendrá un positivo, así que toqué madera otra vez cuando revelé la hoja de contacto en que iba a ver las fotos reales por primera vez. Me quedé allí de pie, mirando la fuente de revelador y observando, a la mortecina luz roja, mientras la hoja cambiaba de blanco a gris, y luego vi cómo los grises cambiaban a negros y las sombras se convertían en las caras de Will; al cabo de dos minutos, allí estaba él, mirándome desde la bandeja, treinta y cuatro versiones de él, todavía minúsculas, pero completas.

Cuando la hoja estuvo lista, la llevé, todavía chorreando agua, a la cocina y la extendí sobre la encimera, al lado del fregadero. Mamá estaba allí, pelando patatas, y echó una ojeada, primero por curiosidad, y luego como si realmente se llevara una sorpresa.

—¡Anda, si es Will Banks! —dijo.

—Naturalmente que es Will Banks —le dije yo, haciéndole una mueca risueña—. ¿Es guapo, verdad?

Nos quedamos las dos mirando largo rato los minúsculos positivos que aparecían en el papel. Allí estaba él, encendiendo la pipa, luego fumándola, mirándome, medio riéndose. Luego aparecía echado hacia atrás en su butaca –en ésa se me había desenfocado un poco, cuando se echó hacia atrás, saliéndose del campo del foco. Debería haberme dado cuenta–. Pero luego, allí estaba otra vez, sentado derecho, y de nuevo enfocado perfectamente, mirándome con sus brillantes ojos, con interés; recordé que me había estado haciendo preguntas sobre la cámara, sobre cómo decidía qué distancia y velocidad poner. Hacia el final del carrete, sus ojos miraban a lo lejos, más allá de donde yo estaba, como si pensara en algo que estuviese en la lejanía. Me había estado hablando de la cámara que tuvo en otros tiempos, diciéndome que todavía la tenía, si es que la podía encontrar en el ático de la casita. La había comprado, dijo, en Alemania, después de la Segunda Guerra Mundial, cuando estuvo allí estacionado con el ejército. Eso me sorprendió.

—¿Estuvo usted en el ejército? —le pregunté—. La única gente que yo conocía que estuviera en el ejército eran chicos que habían tenido que dejar la universidad por suspender y no sabían qué hacer. A veces volvían para ver a papá, a nuestra casa de la ciudad, con unos cortes de pelo muy raros.

Will se había echado a reír.

—Fui oficial —dijo—. ¿Puedes creértelo? ¡Tenían que saludarme! —Puso gesto serio e hizo un rígido saludo. Y allí estaba, en las fotos.

Luego se había reído otra vez y había dado una bocanada a su pipa.

—En esos días todos nos enrolábamos en el ejército. Parecía importante entonces. Para mí, lo mejor fue volver a casa. Fue en verano cuando vine a casa, y Margaret había hecho diez pasteles de moras, para celebrarlo. Comimos pastel de moras durante tres días hasta hartarnos de ellos y todavía quedaban seis. Creo que se los dio a alguien.

Había cerrado los ojos, recordando, aún sonriente. Ésa era la última foto de la hoja. Tenía los ojos cerrados, y el humo de su pipa era una fina línea blanca que le pasaba junto a la cabeza y ascendía en círculos por la parte superior de la foto.

Señalé seis de los minúsculos positivos con un rotulador: mis seis preferidos, todos un poco distintos entre sí.

Luego volví al cuarto oscuro y pasé el resto del día ampliando ésas. Hice dos juegos de ellas, para poder darle una de cada a Will. Me preguntaba si le agradarían. Eran buenas fotos; yo lo sabía, y mis padres habían dicho también los dos lo mismo y nunca me mentían. Pero tiene que ser una sensación extraña, creo, lo de ver tu propia cara así, captada por otra persona, y mostrando todos tus sentimientos.

Llevé a mi habitación mi juego de fotos de Will y las pegué cuidadosamente en la pared, tres encima y tres debajo. Desde que Molly trazó la raya de tiza, he procurado tener más limpia mi mitad de la habitación; cada vez que mis cosas empiezan a amontonarse y empieza a estar desordenada, Molly la traza otra vez, justo para que yo sepa que todavía está allí. Cuando yo entré y puse las fotos en la pared, estaba en su cama, haciendo dibujos en su cuaderno de la escuela.

—Mamá te va a matar si rompes el papel de la pared —dijo, echándome una ojeada.

—Ya lo sé.

Sabíamos las dos que eso no era verdad. Mi madre no se enfada casi nunca. A veces nos riñe pero el pensamiento de que mamá mate a alguien es ridículo. Ni siquiera pisa las hormigas.

—Eh —dijo Molly de repente, incorporándose y mirando hacia la pared—. Ésas son realmente buenas.

Miré para ver si estaba bromeando, y no era así. Estaba mirando las fotos de Will con interés, y pude ver que lo decía en serio, que pensaba que eran buenas.

—Me gusta esa de ahí, en la que está mirando a lo lejos con una sonrisa —decidió, señalando una de la fila de abajo.

—Estaba hablando de su esposa —recordé yo, mirando la foto con ella. Molly se quedó un momento sentada en la cama, pensativa. Estaba otra vez guapa, ahora ya se sentía mejor. El pelo le había vuelto a crecer rizado.

—¿No sería estupendo —dijo lentamente— estar casada con alguien que tuviese esos sentimientos hacia ti, que se sonriese así cada vez que pensase en ti?

La verdad es que yo no había pensado en ello en unos términos tan personales. Para ser sincera, a mí la simple idea del matrimonio me parece intensamente aburrida.

Pero justo en ese momento supe lo que Molly quería decir, y pude darme cuenta de lo importante que era para ella.

—Tierney te mira así todo el tiempo —le dije.

—¿De veras?

—Desde luego. A veces cuando ni siquiera sabes que te está mirando. Le vi en la asamblea de estudiantes el viernes pasado, mirándote. ¿Te acuerdas, cuando estabas sentada con las animadoras? Te estaba observando, y así es como te miraba, casi como Will está en la foto.

—¿De veras? —Molly se hizo un ovillo en la cama e hizo una mueca de satisfacción—. Me alegra que me digas eso, Meg. A veces no sé lo que le pasa a Tierney por la cabeza. A veces da la impresión de que el baloncesto es lo único que le interesa.

—Bueno, Molly, sólo tiene dieciséis años.

De repente me di cuenta de que parecía mamá hablando, y solté una risita. También lo hizo Molly.

—Eh, mira Meg —dijo alargándome el cuaderno—. Tú eres una estupenda artista, y yo no sé dibujar en absoluto. ¿Me puedes ayudar a que esto salga bien?

Había estado dibujando novias. La vieja Molly. Lleva dibujando novias desde los cinco años. No es que su habilidad para dibujar hubiese mejorado mucho en esos diez años, a decir verdad. Pero de repente, eso de que estuviese dibujando novias me dio un poco de aprensión.

Cogí el bolígrafo.

—Mira —le dije—. Está desproporcionado. Los brazos son demasiado cortos, a pesar de que has intentado taparlos con todos esos grandes ramos de flores. Ten presente que los brazos de una mujer llegan hasta la mitad de sus muslos cuando está de pie. Los codos deben llegar hasta el busto; por eso es por lo que no parecen bien. Los cuellos son demasiado largos también, pero probablemente eso está bien, porque los hace parecer más elegantes. Los diseñadores de modas suelen dibujar cuellos demasiado largos. Si miras los anuncios del New York Times del domingo lo verás. Oye, Molly…

—¿Qué?

—¿No estarás pensando en casarte?

Molly se enfurruñó y me quitó los dibujos.

—Naturalmente que estoy pensando en casarme. No ahora, tonta, pero sí algún día. ¿Tú no piensas en ello?

Yo negué con la cabeza.

—No, creo que no. Pienso en ser escritora, o artista, o fotógrafa. Pero siempre pienso en mí sola, no con alguien más. ¿Crees que me pasa algo? —yo lo decía en serio, pero era una pregunta difícil de hacer, así que crucé los dedos y puse cara de broma al preguntárselo, riéndome al mismo tiempo.

—No —dijo ella con aire pensativo, sin hacer caso de mis muecas, lo cual fue muy amable por su parte—. Simplemente somos distintas, supongo. —Guardó los dibujos en su cuaderno y colocó éste en su mesa con mucho cuidado, alineado con sus libros de clase.

—Igual que lo de que tú seas guapa y yo no —señalé.

Menuda tontería se me había ocurrido decir. Pero tengo que reconocer que Molly reaccionó muy bien. No intentó hacer como que no era verdad.

—Serás guapa, Meg, cuando seas un poquito mayor —dijo—. Y no estoy segura de que eso signifique tanto de todas maneras, especialmente en tu caso. Fíjate en todas las cosas que sabes hacer, y la buena cabeza que tienes, y en cambio yo soy tan estúpida. ¿Qué tengo yo, realmente, excepto rizos y pestañas largas?

Yo siempre lo echo todo a perder. Debería haber sabido que lo decía sinceramente. Molly no es nunca malintencionada. Pero no se da cuenta de lo que se siente, cuando alguien que tiene un pelo que es un desastre, y además astigmatismo, oye una cosa así. ¿Cómo podría saberlo? Yo no puedo imaginarme lo que debe sentirse siendo guapa; ¿cómo podrá Molly saber entonces lo que se siente no siéndolo?

Y claro, lo eché a perder, como de costumbre.

Me puse en plan de burla en una pose de modelo delante del espejo y dije sarcásticamente:

—Oh, pobre de mí, ¿qué tengo yo, excepto rizos y largas pestañas?

Me miró sorprendida y dolida. Luego incómoda, y furiosa. Por último, como no sabía qué otra cosa hacer, cogió un montón de sus papeles del colegio y me los tiró: un gesto típico de Molly; ni aun cuando está enfadada hace nada que pueda hacer daño. Los papeles revolotearon por toda la habitación y aterrizaron en mi cama y en el suelo.

Se quedó parada un momento mirando todo aquel desorden y luego dijo:

—Hale, ya está, ahora te sentirás como en casa, con basura por todas partes para que parezca una cochiquera... —Y salió hecha una furia de la habitación, cerrando de un portazo, cosa que fue inútil pues la puerta se abrió sola otra vez.

Dejé los papeles donde estaban, y Molly y yo no nos hablamos cuando nos acostamos esa noche. Ninguna de las dos es muy buena en lo de disculparse. Molly simplemente espera un poco después de una pelea y luego se sonríe. En cuanto a mí, yo espero hasta que se sonría la otra persona primero. La verdad es que suelo ser la primera que empieza una pelea y la última que la termina. Pero esa noche ninguna estaba dispuesta a hacer las paces, y Molly ni siquiera se sonrió cuando yo me subí a la cama muy cuidadosamente para que todos sus ejercicios sobre participios pasados siguiesen donde los había tirado, y me eché a dormir bajo todo aquel montón.

No sé qué hora sería cuando algo me despertó. No estaba segura de lo que había sido, pero estaba ocurriendo algo que me asustó; tenía esa sensación en la espina dorsal, esa sensación fría que tiene una cuando las cosas no van bien. Y no era un sueño. Me senté en la cama y eché una ojeada en la oscuridad, sacudiéndome lo que pudiera quedar de sueño, y la sensación seguía allí, la sensación de que algo no iba bien. Los ejercicios de francés cayeron al suelo; oí el ruido que hacían al resbalar de la cama; me levanté en silencio y fui hasta la ventana. No faltaba ya mucho para el primer día de primavera, pero fechas así no significan gran cosa en Nueva Inglaterra; hacía todavía mucho frío, y en los campos aún había nieve. Podía ver su blancura cuando miré por la ventana. Más allá de la esquina del granero, allí a lo lejos, pasados los pinos, había una luz en la ventana de la casa vacía. Levanté la vista para buscar la luna, para ver si es que podría ser su reflejo en una de las ventanas, pero no había luna. El cielo estaba nublado y oscuro. Pero la luz estaba allí, un rectángulo brillante en una esquina de la vieja casa, y se reflejaba, formando otro rectángulo sobre la nieve.

—Molly —susurré. Es estúpido susurrar, si se quiere despertar a alguien. Pero ella respondió, como si estuviera ya despierta. Su voz era extraña, asustada y perpleja.

—Meg —dijo, con voz rara, como si estuviese sujeta por algo y no pudiera moverse—, llama en seguida a mamá y a papá.

Normalmente yo discuto con Molly si me manda que haga algo, simplemente por principios. Pero sentía que pasaba algo grave. No estaba simplemente diciéndomelo, me lo estaba ordenando, y se encontraba muy asustada. Salí corriendo de la habitación, en la oscuridad, a través de las sombras del pasillo y desperté a mis padres.

—Pasa algo —les dije—. Le pasa algo a Molly.

Por lo general, cuando se enciende una luz por la noche todo lo que le asustaba a uno desaparece. Por lo menos eso es lo que yo pensaba en tiempos, cuando era más joven. Ahora sé que no es verdad. Cuando mi padre encendió la luz en mi habitación, todo estaba allí, y de tal modo, tan brillante, tan horrible, que me di la vuelta y escondí la cara contra la pared. Y en el rincón de la pared, con la cara oculta, los ojos muy apretados y saltándoseme las lágrimas, aún podía verlo.

Molly estaba cubierta de sangre. Todo estaba mojado, su almohada, su pelo, su cara. Tenía los ojos abiertos, asustados, y se llevaba las manos a la cara, intentando pararlo, intentando retenerlo, pero seguía saliendo, brotándole de la nariz y extendiéndose por la sábana y la manta formando hilillos y salpicando la pared de detrás de la cama.

Oí cómo mis padres actuaban muy deprisa. Oí cómo mi madre iba al armario de ropa blanca del recibidor, y supe que estaba cogiendo toallas. Oí la voz de mi padre, muy baja, hablándole a Molly con mucha calma, diciéndole que no pasaba nada. Mi madre fue al teléfono de su dormitorio y le oí marcar un número y hablar. Luego bajó las escaleras y oí cómo arrancaba el coche fuera.

—Tranquila, tranquila —oí cómo decía mi padre una y otra vez, tranquilizando a Molly con su serena voz. Oí cómo Molly se atragantaba y sollozaba.

Mamá volvió a entrar en la casa y subió las escaleras y vino adonde yo estaba de pie de espaldas a la habitación.

—Meg —dijo, y yo me di la vuelta. Mi padre estaba en la entrada de la habitación, con Molly en los brazos como si fuese una niña pequeña. Tenía toallas, empapadas ya de sangre, alrededor de la cara y la cabeza; la habían envuelto en la manta de su cama, y por ella corría lentamente la sangre. Mi padre le seguía hablando, diciéndole que no pasaba nada, que no pasaba nada, que no pasaba nada.

—Meg —dijo mi madre de nuevo. Yo hice una señal de asentimiento con la cabeza—. Tenemos que llevar a Molly al hospital. No te asustes. Es sólo otra de esas hemorragias nasales, pero una seria, como puedes ver. Tenemos que darnos prisa. ¿Quieres venir con nosotros?

Mi padre estaba bajando las escaleras, cargando con Molly. Yo negué con la cabeza.

—Me quedaré aquí —dije. Me temblaba la voz, y me sentía como si fuese a ponerme mala.

—¿Estás segura? —preguntó mi madre—. A lo mejor tardamos un poco. ¿Quieres que llame a Will y le pida que venga y se quede contigo?

Negué con la cabeza y mi voz mejoró un poco.

—Estaré perfectamente —le dije.

Pude ver que ella no estaba segura, pero mi padre estaba ya en el coche esperándola.

—De veras, mamá, estaré perfectamente. Tú sigue, yo me quedaré aquí.

Me abrazó.

—Meg, intenta no preocuparte. No le pasará nada.

Yo asentí con la cabeza y la acompañé hasta las escaleras, y luego ella bajó y se fueron. Oí cómo el coche se alejaba a toda prisa de la casa.

La única luz que había en la casa era la de mi habitación, la mía y la de Molly, y no podía volver allí. Fui hasta la puerta sin mirar dentro, alargué el brazo y apreté la llave de la luz, con lo que toda la casa se quedó a oscuras.

Pero estaba despuntando la mañana; fuera había una débil claridad en el cielo. Cogí una manta de la cama de mis padres, me envolví en ella y fui al estudio de mi padre, la pequeña habitación que había querido que fuese mía.

Me acurruqué en su amplia y cómoda butaca, me envolví los pies desnudos con la manta azul, miré por la ventana y me eché a llorar.

Si no me hubiese peleado con Molly esa tarde, nada de esto hubiese ocurrido, pensé, sintiéndome muy desgraciada, y sabía que no era verdad. Si hubiese dicho simplemente "lo siento", antes de acostarnos, no habría ocurrido, pensé, y sabía que no era verdad tampoco. Si no hubiésemos venido aquí a vivir. Si hubiese tenido mi lado de la habitación más ordenado.

Nada de eso tiene sentido, me dije a mí misma.

Los campos estaban empezando lentamente a volverse rosados, al darles los primeros rayos del sol que venían desde detrás de las colinas y coloreaban la nieve. Me asombró que estuviese llegando la mañana; parecía demasiado pronto. Entonces recordé, por primera vez desde que oí la voz asustada de Molly en nuestro dormitorio a oscuras, la luz que había visto en la vieja casa. ¿La había visto realmente? Ahora todo parecía irreal, como si todo hubiese sido una pesadilla. En el extremo más lejano de los rosados campos se veía la casa gris, muy oscura contra el cielo que se iba poco a poco iluminando, y sus ventanas estaban silenciosas y negras, como los ojos de un guardián.

Pero al recordar el dormitorio de flores azules, sabía que la sangre seguía allí, que no había sido un sueño. Yo estaba sola en la casa, mis padres se habían ido, con Molly; con Molly y su pelo pegajoso de sangre, con la mancha derramándose por la manta en la que iba envuelta. Esos momentos en los que estuve contra un rincón de la pared, temblando y aterrada, con los ojos muy cerrados, momentos que podían haber sido horas –ya no sabría decirlo–, habían ocurrido realmente. Y también había visto la luz de la ventana al otro lado de los campos. Recordé que había estado de pie, mirando el reflejo que formaba sobre la nieve, y supe que había sido real también, aunque ya no parecía importar. Cerré los ojos y me quedé dormida en la butaca de mi padre.

CAPÍTULO CINCO

Hice dos huevos de Pascua, uno para Will y otro para Molly. No simples huevos cocidos de esos que se colorean con pinturas que huelen a vinagre, y que nunca salen luego como una espera. Molly y yo solíamos hacerlos por docenas cuando éramos pequeñas, y luego no nos los comíamos y se pudrían.

No, éstos eran especiales, y sólo había dos. Les saqué lo de dentro soplando, para que quedaran sólo las cáscaras, muy frágiles y ligeras. Luego pasé horas en mi cuarto pintándolos.

El de Molly era amarillo; en parte, supongo, porque me recordaba su cabello rubio y en parte porque mis padres me habían dicho que su habitación del hospital era de un color grisáceo deprimente, y pensé que el amarillo la alegraría un poco. Luego, después de colorear el huevo de amarillo pálido, usé mi pincel más finito y pinté estrechas líneas curvas en oro, y entre las líneas, flores azules en miniatura con el centro dorado y blanco. Me llevó mucho tiempo, por lo delicada que era la cáscara de huevo y por lo pequeños e intrincados que eran los dibujos; pero merecía la pena: cuando estuvo acabado, el huevo era realmente precioso. Lo barnicé para que se quedase brillante y con los colores permanentes, y cuando se secó, lo empaqueté en algodón dentro de una caja para protegerlo y mamá se lo llevó cuando fue en coche a Portland a visitar a Molly. Y dio resultado; quiero decir que, según contó mamá, hizo más alegre la habitación.

Molly estaba muchísimo mejor, y vendría a casa la semana próxima. Al principio había estado muy enferma. Le habían hecho, como primera medida, transfusiones de sangre; luego cuando se estaba sintiendo mejor, decidieron hacerle un montón de pruebas para averiguar cuál era el problema, para que no le sangrase más la nariz. Incluso hicieron que la viesen especialistas.

Uno se imaginaría que estando tan avanzada la ciencia médica como se supone que está, podrían averiguar cuál era el problema y curarla enseguida. ¡Es que, vamos, hemorragias nasales...! ¿Es que eso es tan importante? No es como si tuviese alguna misteriosa enfermedad tropical o algo así.

Pero primero, según dijo mamá, después de ponerle toda esa sangre nueva, empezaron a sacarle sangre, para analizarla. Luego hicieron pruebas en el interior de sus huesos. Luego hicieron radiografías. Luego, cuando pensaron que ya sabían lo que estaba motivando las hemorragias nasales, empezaron a probar con toda clase de medicinas diferentes, para ver cuál daría mejor resultado. Un día fueron papá y mamá, y cuando volvieron a casa me dijeron que habían inyectado una medicina especial en la espina dorsal de Molly. Me dio un repelús oír eso. Y también me puse furiosa, porque me daba la impresión de que estaban simplemente haciendo experimentos con ella, qué diablos. Para entonces ya sabían cuál era el problema –su sangre no se coagulaba adecuadamente– así que lo que deberían haber hecho era darle la medicina que arreglase eso y mandarla a casa. Pero no, en lugar de eso empezaron a hacer esto y lo otro, probando diferentes cosas, y teniéndola allí más tiempo.

Y mis padres estaban muy raros en relación con todo el asunto. Eran justo como los médicos; ya no pensaban en Molly como persona. Hablaban de ella como si fuese un ejemplar clínico. Volvían a casa del hospital y hablaban muy fríamente sobre diferentes medicinas con nombres muy largos: que si ésta era mejor que aquélla... Hablaban de reacciones, de efectos secundarios, y de contraindicaciones; era difícil creer que estuviesen hablando de Molly.

Yo mantuve la boca callada todo el tiempo que pude, pero una noche cuando estábamos cenando, la única cosa de que hablaban era algo que se llama ciclofosfamida. Y allí estaba yo, sentada con ellos, y quería hablar de otras cosas: de mi cuarto oscuro, de mis huevos de Pascua, con los que me estaba tomando tanto trabajo, y de lo que iba a hacer cuando en la escuela nos diesen las vacaciones de primavera, vamos de cualquier cosa. Es decir, cualquier cosa excepto de la ciclofosfamida, de la que no sabía nada y que ni siquiera sabía pronunciar.

—¡Vale ya! —dije muy furiosa—. ¡Dejad de hablar de eso! ¡Si queréis hablar de Molly, entonces hablad de Molly, y no de su estúpida medicina! Ni siquiera has mandado su solicitud para el campamento de verano, mamá. ¡Todavía está sobre tu escritorio!

Me miraron los dos como si les hubiese arrojado algo, pero dio resultado. Creo que ya no oí más la palabra "ciclofosfamida" y durante un rato hablaron de otras cosas y la vida fue más o menos normal. Y ahora Molly pronto estaría en casa, absolutamente mejor –y sin más hemorragias nasales–. Y después de todo ese asunto de las medicinas rebuscadas, resultó que terminó con pastillas. Cuando venga a casa, tendrá que tomar pastillas durante algún tiempo. Vaya cosa. Podrían haberlo averiguado cuando llegó allí, y haberla mandado a casa más pronto.

Pero como no lo hicieron, hice el huevo de Pascua para Molly, para animarla, y otro para Will. El huevo de Will era azul y también especial, aunque de manera diferente. Le di vueltas y más vueltas a la cabeza sobre cómo lo iba a pintar, y por fin miré en la enciclopedia lo que había sobre especias, y encontré una foto de la nuez moscada.

Pinté diminutas florecitas de nuez moscada por toda la cáscara, entrelazadas de modo que formaran un complicado entramado de color naranja y verde sobre el fondo azul. Lo barnicé y lo empaqueté, y el domingo de Pascua cogí la caja con el huevo y el sobre con sus fotos, y eché a andar camino adelante hacia su casa.

No había visto a Will desde que Molly cayó enferma. Al principio las cosas estaban demasiado complicadas. Mis padres pasaban un montón de tiempo en el hospital, y yo tenía que ocuparme casi siempre de hacer las comidas. Luego, cuando estaba mejorando, mi padre tuvo que trabajar el doble en el libro porque no había podido concentrarse en el trabajo cuando ella estaba tan enferma. Me di cuenta de que yo tampoco me había estado concentrando en mis tareas escolares, por la misma razón, así que tenía también un montón de trabajo atrasado por hacer.

Pero las cosas se estaban por fin calmando. Había una vacación escolar, Molly estaba mejorando, e incluso el barro de fuera se había secado un poquito. Por la noche todavía helaba, y de hecho observé, cuando pasé por allí, que todavía había marcas de ruedas en el sendero de la casa grande del otro lado del campo.

Ésa era otra razón por la que quería ver a Will.

Después de aquella primera noche tremenda en la que vi luz en la ventana, habían estado ocurriendo otras cosas en la casa. Nada parecía tan misterioso como aquella luz en medio de la noche; yo, pese a todo, seguía sintiendo curiosidad. En la casa había de vez en cuando un coche, y habían limpiado el sendero de entrada de los últimos restos de nieve embarrada. A veces, cuando el día estaba muy silencioso, podía oír el sonido de sierras y martillos procedente de la casa. Una vez vi la figura de un hombre en el tejado, trabajando. Daba realmente la impresión de que alguien estaba preparándola para instalarse allí. Pregunté a mi padre si el sobrino había obtenido permiso para convertir la casa en una posada, pero papá dijo que no había oído nada de eso; por otra parte, señaló papá, había estado tan distraído y ocupado últimamente, que lo más probable es que ni siquiera se hubiese dado cuenta si una nave espacial hubiese aterrizado en el campo.

Cuando llegué, Will estaba de nuevo bajo el capó de su camioneta. Debería haberme llevado la cámara. Si de algún modo recordaré siempre a Will, será bajo el capó de aquella vieja camioneta.

—¿Es otra vez su batería, Will? —dije en voz alta mientras me acercaba a él.

Se enderezó y me hizo una mueca sonriente.

—¡Meg! Tenía la esperanza de que alguien se descolgase por aquí a tomar el té. De hecho, tengo la tetera puesta. Estoy encantado de que el destino te haya enviado a ti en vez de a Clarice Callaway. Lleva años insinuando que se va acercar por aquí algún día, y vivo en perpetuo miedo de verla aparecer por esa carretera con su sombrero de los domingos y un montón de resguardos de libros que me he retrasado en devolver a la biblioteca.

Yo solté una risita. Clarice Callaway es la bibliotecaria del pueblo. Tiene ochenta y dos años, y no estoy revelando ningún secreto al decirlo, porque se lo cuenta ella misma a todo el mundo en cuanto le presentan a alguien. Es también la presidenta de la Sociedad para la Conservación Histórica, y mi padre dice que esto constituye un verdadero ejercicio de ironía, porque Clarice misma es el monumento histórico mejor conservado que hay en cien millas a la redonda. Además, está un poco coladita por Will. Me dijo él que cada vez que va a la biblioteca, ella desaparece en el servicio de señoras, y luego sale otra vez con colorete rojo brillante en las mejillas, de modo que parece la muñeca francesa que tenía su hermana cuando era niña.

Will suspiró y se restregó las manos en un trapo.

—Esta vez es el radiador. En invierno es la batería, y cuando llega la primavera es el radiador. Las ruedas se desinflan en verano. A veces pienso comprarme una camioneta nueva, pero luego me hago el cálculo de que tendría que aprender a enfrentarme con toda una nueva serie de desastres. Por lo menos ahora sé que cada mes de abril se rompen los manguitos del radiador y el motor se recalienta. Más vale saber cuál es tu enemigo antes de enfrentarte a él; ¿verdad, Meg?

—Verdad —asentí, aunque no estaba segura en absoluto de que yo quisiera enfrentarme a enemigos o desastres, los conociera o no.

—Pasa adentro —dijo Will—. Tengo una sorpresa para ti.

Pero mi sorpresa fue antes. Después de que Will sirviera el té para los dos, abrí el gran sobre y saqué las fotos. Extendí las seis sobre la mesa de la cocina y me quedé observando mientras Will las iba cogiendo una a una. No se rió, ni se puso colorado, ni dijo: "Oh, he salido horrible", como suelen decir los niños cuando ven fotos de sí mismos. Yo ya sabía que no lo haría. Cogió cada una y las estudió, sonriéndose ante algunas y quedándose pensativo ante otras. Por fin cogió la misma que era mi preferida: la foto en la que estaba con los ojos cerrados, y el humo que salía de su pipa era una fina línea que se elevaba por un lado y por la parte superior de la foto. La llevó junto a la ventana y la miró con mejor luz.

—Meg —dijo por fin—, todas éstas son muy, pero que muy buenas. Tú ya lo sabes, estoy seguro. Creo que ésta es la mejor, por la composición, y porque lograste la combinación justa de velocidad de disparador y de apertura. Fíjate qué perfectamente definidas están las líneas de la cara; debes de tener una lente bastante buena en esa camarita tuya, pero la ralentizaste justo lo suficiente para que la línea del humo aparezca ligeramente borrosa, como debe ser. El humo es algo efímero, y eso lo has captado, pero sin sacrificar la claridad del rostro. Es una excelente fotografía.

¿Por qué sentía yo ganas de llorar cuando terminó de hablar? Ni siquiera sé lo que significa efímero, pero sentí en mi interior que me subía una oleada de algo dulce y tibio como si fuese chocolate caliente, tan bueno y rico que es excesivo tomar mucho. Y era porque alguien que era un verdadero amigo tenía exactamente los mismos sentimientos que yo tenía, sobre algo que para mí era más importante que ninguna otra cosa. Apuesto que hay gente que pasa la vida y nunca llega a tener esa sensación. Me quedé allí sentada, con la mano rodeando el tazón de té, con su calorcito, y sonreí a Will.

—Meg —dijo de repente, tomándose el último té de un trago—. ¡Voy a hacer un trato contigo!

Yo me eché a reír. La gente me dice eso en la escuela, y suele querer decir que quieren copiar mis deberes de álgebra y me dan a cambio su chocolatina de la comida.

—¿Recuerdas que te dije que había comprado una cámara en Alemania?

Yo asentí con la cabeza.

—Es una cámara estupenda —dijo Will—. La mejor marca, y naturalmente una cosa así no pierde valor con el tiempo. No sé por qué no la he usado en tanto tiempo, salvo que perdí mi entusiasmo por un montón de cosas cuando murió Margaret. Y eso —añadió con voz ronca— es lo último que ella hubiese querido. Pero voy a sacarla del ático, la cámara, y cuatro lentes y un juego de filtros que van con ella. Quiero que la uses tú.

Otra vez me vino aquella sensación de chocolate caliente subiéndome por el pecho. Mi propia cámara no tenía más que una lente, que no se podía quitar. He leído cómo se pueden usar otras clases de objetivos y filtros, pero nunca he tenido la oportunidad de probarlo.

—No sé qué decir —le dije, y era cierto—. ¿Qué podría yo hacer a cambio?

—¡Oh, no te preocupes por eso! —dijo Will riéndose—. Te dije que haría un trato contigo. No te voy a dejar irte de rositas tampoco. A cambio quiero que me enseñes a usar el cuarto oscuro. Déjame tu pequeña cámara mientras tú usas la mía, y fijaremos un horario regular para las clases. Te advierto que hace mucho tiempo que no me pongo a aprender algo nuevo, pero mi vista es buena, y las manos no me tiemblan todavía.

—¡Pero, Will —dije con un hilo de voz—, sólo tengo trece años! ¡Nunca le he enseñado nada a nadie!

Will me miró muy serio.

—Querida Meg —dijo—, Mozart escribió su primera composición cuanto tenía cinco años. En muchos casos la edad no significa nada. No te subestimes. Entonces, qué ¿es un trato?

Me quedé sentada un momento, mirando mi taza vacía. Luego le estreché la mano. Tenía razón; sus manos eran firmes, fuertes y seguras.

—Es un trato, Will.

Me acordé entonces del huevo de Pascua. En cierto modo, parecía ya una tontería, pero saqué la cajita y se la di. Cogió el huevo con gesto grave y examinó el dibujo; vi por su mirada que lo había reconocido.

—"Myristica fragans" —pronunció solemnemente—. Nuez moscada. ¿No es eso?

Le sonreí y afirmé con la cabeza.

—No sé eso de la mística, o lo que haya dicho usted, pero es nuez moscada. Tiene usted razón.

Dejó el huevo en un cuenco de estaño y lo llevó al salón. Después de dejar el cuenco en una mesita de pino que había junto a la ventana, nos quedamos los dos de pie mirándolo. El azul del huevo era el mismo azul apagado de la alfombra oriental; los tonos marrones y verdes parecían reflejar los colores de la madera vieja del cuarto y el de las plantas, perfectamente cuidadas, que había colgadas.

Resultaba perfecto allí; Will no tuvo ni siquiera que decirlo. Nos quedamos simplemente mirándolo juntos mientras el sol de abril entraba por la ventana y daba en el cuenco y en la frágil cáscara ovalada, marcando sus sombras sobre la pulida mesa y dibujando un brillante cuadrado sobre el diseño de la alfombra.

—Y ahora, lárgate —dijo Will—. Tengo que ocuparme de mi radiador.

Iba ya por el final del embarrado sendero de entrada a la casa y tenía ya él otra vez la cabeza bajo el capó del camión, cuando me acordé de repente. Me di la vuelta y le llamé.

—¡Will! ¡Se me olvidó preguntarle qué pasa en la casa grande!

Sacó la cabeza y rezongó:

—¡Y a mí se me ha olvidado decirte la sorpresa que tenía para ti!

Así que volví un momento. Me senté en los escalones del porche delantero rascándole la cabeza a Tip detrás de la oreja, mientras Will sacaba los manguitos del radiador –"trastos podridos", les decía. "¿Por qué me hacéis esto todas las primaveras?"–. Y me contó lo de la casa. Resultó que mi pregunta era la misma cosa que su sorpresa.

—Estaba yo aquí el mes pasado —dijo— con la cabeza bajo el capó, como de costumbre. Entonces era la batería, claro. Y se paró un coche con una pareja joven. Me preguntaron si sabía algo sobre la casa.

"El año pasado me preguntaron por lo menos diez personas sobre la casa, pero nunca eran la gente apropiada. No me preguntes cómo lo sé. Es simplemente algo que intuyo. Y cuando esa joven pareja –se llaman Ben y María– se apearon del coche, supe que eran las personas adecuadas.

"Ben me ayudó a limpiar los bornes de la batería, y María entró a la cocina e hizo té para los tres. Para cuando Ben y yo nos habíamos lavado las manos y acabamos el té, ya les había alquilado la casa.

"Cuando uno sabe que ha dado con la gente adecuada, es así de fácil.

"No tienen mucho dinero. Él es todavía estudiante, en Harvard, y dijo que estaba buscando un lugar tranquilo para el verano, para escribir su tesis.

Yo refunfuñé. Antes de que nos diésemos cuenta, en todo este valle resonaría el ruido de las máquinas de escribir. Will se rió; a él se le había ocurrido el mismo pensamiento.

—Pero a cambio de pasar el verano en la casa, van a arreglarla. Llevan trabajando ya varios fines de semana desde que les dije que podían quedarse en ella. El tejado necesita arreglos; la instalación eléctrica necesita arreglos; la instalación de fontanería necesita arreglos. ¡En fin, ya sabes lo que pasa cuando se hace uno viejo y no tiene a nadie que se ocupe de uno!

Nos reímos juntos. Estaba segura para entonces de que me gustarían Ben y María, ya que a Will le gustaban.

—Y María va a poner un huerto cuando se deshiele el suelo —continuó—. Se van a trasladar a la casa oficialmente muy pronto, creo. Y les he hablado de ti. Están deseosos de que les hagas una visita, Meg.

Luego Will pareció como si se avergonzara de algo, y era la primera vez que yo veía esa expresión en su cara.

—Pero se me olvidó preguntarles una cosa —confesó.

—¿Qué?

Miró a varios lados antes de responder. Estaba violento. Por último, explicó:

—Se me ha olvidado preguntarles si estaban casados.

Yo solté una carcajada.

—Oh, Will —dije—, ¿cree usted que eso importa?

Pareció como si no se le hubiese ocurrido que pudiera no importar.

—Bueno —dijo por fin—, te puedo decir que a Margaret le habría importado. Pero, bueno, supongo que a lo mejor tienes razón, Meg. Supongo que realmente a mí no me importa en absoluto.

Luego se secó las manos en su trapo y me hizo una mueca.

—Podría importarle a su hijo, sin embargo. Por el aspecto de ella, este verano va a haber un bebé.

Un bebé. Era extraño pensar en una cosa así. A mí no me enloquecen los bebés. Molly les adora. Dice que algún día tendrá por lo menos seis, aunque yo no paro de decirle que eso es ecológicamente un absurdo.

Se lo conté a Molly por teléfono esa noche, y se quedó maravillada ante la idea de que fuese a haber un bebé en la casa del otro lado del campo. Su voz sonaba bien, más fuerte que nunca desde que cayó enferma. He hablado con ella mucho por teléfono, y a veces me ha parecido cansada y deprimida. Pero ahora se encuentra otra vez bien, y está impaciente por venir a casa.

—Es una lata estar aquí —dijo—. Aunque hay algunos médicos que no están nada mal.

Eso me hizo reír. Si se estaba fijando en los médicos, entonces ya sabía que se sentía otra vez normal.

Le dije cuánto le habían gustado a Will sus fotos, y que me iba a dejar usar su cámara alemana.

—Eh, Meg —dijo—, ¿me harías un favor?

—Desde luego.

Normalmente yo no le diría "desde luego" sin saber cuál era el favor; pero, qué diablos, había estado bastante enferma.

—¿Me harás una foto cuando vaya a casa? Quiero una realmente buena para dársela a Tierney este verano para su cumpleaños.

—Molly, te voy a sacar como una estrella de cine —le dije, y ella soltó una risita antes de colgar.

Capítulo Seis

Will Banks está aprendiendo a usar el cuarto oscuro y es fantástico. Ben y María se han trasladado a la casa, y son estupendos. Molly está en casa, y está siendo absolutamente insoportable.

Bueno, como suele decirse, no está mal dos de tres.

Supongo que no se le puede culpar a Molly realmente por ser insoportable. Ha estado terriblemente enferma; nadie lo sabe mejor que yo. Creo que nunca se me irá de la cabeza la escena de ella tumbada allí con toda aquella sangre.

Pero, al parecer, se acostumbró a ser el centro de atención en el hospital. ¿Y a quién no le habría ocurrido, con todos esos especialistas alrededor? De todas maneras, aquí está, en casa, y se supone que bien –si no, no le habrían dado el alta del hospital, ¿no?– y actúa como si todo el mundo tuviera que estar a su servicio en cuanto ella haga un gesto con el dedo. Y mis padres lo aceptan; eso es lo asombroso.

—¿Me dais un sándwich de atún? —dijo Molly mientras comíamos, al día siguiente de volver a casa. Estaba tumbada en el sofá de la cocina, en una pose como si fuese la "conejito del mes" de Playboy, sólo que llevaba vaqueros y un niqui.

—¿Quieres lechuga? —le preguntó mi madre, yendo a toda prisa a coger el pan y la mayonesa.

¿Qué te parece? Que si quieres lechuga. Hace dos meses le habría dicho: "Háztelo tú misma, señora". Eso es lo que todavía me dirían a mí. Y después de todo eso, Molly ni siquiera se comió el sándwich. Vino a la mesa, le dio dos mordisquitos, y luego se volvió otra vez lentamente al sofá y dijo que a pesar de todo no tenía apetito.

—¿Estás segura de que te sientes bien, cariño? —preguntó mamá.

—Deja de darme la lata, ¿quieres? —dijo Molly, y salió hecha una furia hacia nuestra habitación, cerró la puerta de un portazo (que se abrió sola otra vez; Molly no va a aprender nunca que la puerta de nuestra habitación es totalmente inservible en un enfado) y se echó una siesta el resto de la tarde.

Molly nunca solía ser así. Yo solía ser así a veces, y me odiaba a mí misma cuando eso ocurría. Ahora es Molly, y siento que la aborrezco o por lo menos aborrezco lo que la ha convertido en alguien diferente.

Mis padres no dicen una palabra. Eso también es diferente. En el pasado, cuando una de nosotras estaba enfurruñada, mi madre siempre decía y hacía cosas que eran al mismo tiempo comprensivas y divertidas, de modo que nos echábamos a reír, y lo que nos había puesto irritables, simplemente desaparecía de una manera muy cómoda y natural. O se ponía muy serio papá. Dice que no puede perder su tiempo con gente brusca. Compórtate, solía decir. Y nosotras nos comportábamos, pues no nos dejaba otra opción.

Pero ahora mamá no hace carantoñas ni gasta bromas cuando Molly se porta así de mal. Papá no nos lee la cartilla. En vez de eso, mamá aparece preocupada y confusa, lo cual empeora las cosas. Papá se pone tenso y se queda callado y sale para su estudio sin decir nada. Es como si una extraña que desarreglase nuestra vida se hubiese trasladado a nuestra casa, y nadie supiera qué hacer con el problema.

Una de las razones por las que Molly está tan insoportable, creo, es porque no tiene un aspecto muy bueno, y para Molly siempre ha sido muy importante estar guapa. Pero perdió peso mientras estaba en el hospital (porque la comida era horrible, dice ella), y así, tiene la cara más delgada ahora y más pálida. La palidez, supongo, es porque le tuvieron que hacer transfusiones de sangre, y probablemente las células rojas de la sangre tardan un poco en reponerse otra vez.

Y lo peor de todo para Molly es que se le está cayendo el pelo. Eso es debido a las pastillas que tiene que tomar, dicen mis padres. ¡Uno de los efectos secundarios es que se cae el pelo! Yo le dije que a lo mejor había medicinas con peores efectos secundarios, como que se le cayera a una la nariz, pero nadie lo encontró divertido. Mi madre le ha dicho que cuando pueda dejar de tomar la medicina, al cabo de poco tiempo le volverá a crecer otra vez el pelo, más fuerte y más rizado de lo que lo tenía antes, pero cuando mamá dijo eso Molly se limitó a decir "Estupendo", en tono muy sarcástico y siguió mirando el peine que salía lleno de cabellos rubios. Luego mamá dijo que si la cosa empeoraba, le comprarían una peluca, y Molly dijo: "¡Oh, ya está bien!" y salió como una fiera hacia nuestro dormitorio.

Así que las cosas están algo difíciles en casa ahora. Molly no puede volver a la escuela hasta que gane un poco de peso y recupere el pelo. Ella dice que de todas maneras no va a volver a la escuela si le sigue cayendo el pelo. Mamá y papá no dicen gran cosa sobre la escuela. Se nota que están deprimidos con todo este asunto.

Será sólo cuestión de tiempo. Si todos tenemos paciencia y esperamos, todo volverá a ser como antes, lo sé.

Will Banks es muy amable con Molly. Viene a casa tres tardes por semana a trabajar en el cuarto oscuro, y siempre trae algo para ella: un libro de la biblioteca para que lo lea, una tableta de chocolate o alguna cosita así. Una noche trajo un ramillete de bardagueras que había encontrado detrás de su casa: las primeras de la primavera, y a Molly le entusiasmaron. Fue la primera vez en mucho tiempo que yo la veía realmente feliz por algo.

—Oh, Will —dijo en voz baja—, son preciosas.

Las apretó contra la mejilla y las acarició como si fuesen un suave gatito. Estábamos sentados en la cocina y yo cogí un jarroncito y eché en él un poco de agua.

—Agua no, Meg —dijo Will—. Si pones las bardagueras en agua, florecerán y luego se morirán. Ponlas simplemente en el jarrón, sin nada, y se mantendrán hermosas siempre.

Son tantas las cosas que no sé... Le di a Molly el jarrón, sin agua, y colocó las bardagueras en él, las subió a nuestra habitación, y las puso sobre la mesilla, al lado de su cama. Esa noche, después de que nos acostamos y cuando Molly estaba dormida, eché una mirada, y la luz de la luna daba en la mesita y en Molly; tras ella, en la pared, se veía la sombra de las bardagueras.

No es de extrañar que Will sepa tanto sobre tantas cosas, ya que tiene una memoria increíble. Cuando empezamos a trabajar juntos en el cuarto oscuro, le enseñé primero los procedimientos básicos para revelar películas. Sólo se lo mostré una vez. Luego lo hizo él mismo, revelando un carrete que había hecho con fotos de su camioneta y su perro, usando su propia cámara para asegurarse de que funcionaba adecuadamente antes de dármela. Se acordaba de todo: las temperaturas, las proporciones de los productos químicos y los tiempos, con una precisión de segundos. Sus negativos eran perfectos. Las fotos no eran nada extraordinario, porque, como él dijo "sólo había estado jugueteando con el deseo de tomarle un poco el tacto a la cámara otra vez", pero eran técnicamente perfectas, y reveladas sin un fallo.

Y tiene una inmensa curiosidad. Cuando vi que ya había aprendido a revelar adecuadamente la película, quise pasar a la etapa siguiente, sacar los positivos, las fotos mismas. Pero Will dijo:

—Espera. ¿Qué ocurriría si, cuando estoy revelando la película, pusiese a propósito los productos químicos demasiado calientes? ¿Qué ocurriría si los agitara menos? ¿O más? ¿Y qué pasaría si expusiera la película menos de lo indicado, Meg, cuando hiciese las fotos? ¿No se podría compensar eso al revelar la película, prolongando tal vez el tiempo de revelado?

Me quedé pensándolo un momento. Esas cosas nunca se me habían ocurrido a mí, y deberían. Naturalmente que se podría compensar.

—Nunca he probado —dije, pensativa—. Pero apuesto a que sí se podría. Debe de haber un libro donde diga cómo hay que hacerlo. Permítame que…

Me interrumpió. Es también impaciente, según he visto, y muy independiente.

—Oh, al diablo con los libros, Meg. Vamos a averiguarlo nosotros mismos. Vamos a experimentar. Alguien tiene que haberlo averiguado ya antes, para poder escribir un libro. ¿Por qué no podemos hacer nosotros lo mismo?

Y así lo hicimos. Era un lunes por la noche, y el martes y el miércoles cada uno de nosotros tiró varios carretes de película, exponiéndolos a propósito más o menos tiempo del normal. El miércoles por la noche los revelamos, cada uno de un modo diferente. Cambiamos las temperaturas, el tiempo de revelado en unos, el grado de agitación en otros. ¡Y lo conseguimos! Averiguamos exactamente cómo compensar todas esas cosas, cómo conseguir contraste, cómo reducirlo. Nos sentimos como una pareja de obradores de milagros.

Cuando salimos del cuarto oscuro al cabo de tres horas, mamá estaba en la cocina, trabajando en su edredón. Levantó la vista y se echó a reír.

—Parecíais hablando ahí dentro una pareja de locos —dijo—, gritándoos el uno al otro.

Yo solté una risita.

Desde luego que habíamos estado gritando:

—¡No lo deje tanto tiempo en el revelador, tarado! —le había gritado yo a Will— ¡Lo echará a perder!

—¡Estoy intentando echarlo a perder! —me había gritado Will a su vez—. ¡Para averiguar cómo puedo hacerlo perfectamente! ¿Cómo se puede aprender nada si no te atreves a correr riesgos?

Y era yo la que se suponía que le estaba enseñando a él.

—Lydia —le explicó Will a mamá esa noche, sentado ante una taza de té antes de volver a casa—, el genio se salta las fronteras de los buenos modales. Al genio se le permite gritar si el gritar es productivo.

Mamá se echó a reír otra vez y cortó de un tirón el hilo en el momento de completar un cuadrado a franjas rojas y blancas procedente de un bañador que yo llevaba cuando tenía tres años. Will le cae muy bien.

—Bueno —dijo—, llevo viviendo con un genio creativo el tiempo suficiente como para saberlo. Charles ha llegado a gritarle a su máquina de escribir, si es que se lo puede usted creer.

Will asintió con la cabeza con toda seriedad, mientras mordisqueaba el extremo de su pipa.

—Oh, sí, claro. Supongo que de vez en cuando resulta necesario gritarle a la máquina de escribir. La maquinaria necesita de cuando en cuando esa clase de disciplina. Justamente hoy le estaba yo gritando al radiador de mi camioneta.

Mamá sonreía mientras calculaba las medidas de un nuevo cuadrado de su edredón. Era bueno verla, para variar, relajada y sonriente, como solía estar antes.

—¿Qué hay de tus deberes, Meg? —preguntó—. No estarás saltándote también las fronteras de tu trabajo escolar, ¿verdad?

Yo solté un suspiro. Pero voy al día en la escuela, como de costumbre. De repente, sin embargo, el álgebra o la historia de América me parecen bastante aburridas comparadas con otras cosas que están ocurriendo. Me alegraré cuando se acabe el trimestre el próximo mes, pues así podré dedicar más tiempo a la fotografía. Para entonces Molly estará también completamente buena, y todo será más fácil. Y podré ver mucho a Ben y María.

Will me llevó a verlos en cuanto se instalaron. Molly vino también; me sorprendió que quisiera, pues se siente tan mal y tan consciente de su aspecto últimamente que permanece la mayor parte del tiempo en nuestra habitación. Pero cuando se lo pregunté, dijo que qué diablos, que bueno, que no tenía nada mejor que hacer.

Fuimos los tres campo a través en una soleada y calurosa tarde de sábado que olía ya a plantas nuevas creciendo.

Podríamos haber ido por la carretera, por supuesto, pero era esa clase de día en el que resulta apetecible caminar campo a través. Las flores silvestres estaban justo empezando a aparecer. Siempre me cogen por sorpresa. Cada año parece como si el invierno fuese a durar siempre, incluso cuando vivíamos en la ciudad. Luego, cuando ya se ha resignado una a toda una vida de días grises, en los campos aparecen de repente brillantes brotes de amarillo, púrpura y blanco, y entonces cae una en la cuenta de que estaban allí escondidos todo el tiempo, esperando.

Will llevaba un fuerte bastón que a veces usa cuando anda, especialmente en campos pedregosos. Señalaba aquí y allá con el bastón a las florecillas del campo y de los linderos sombreados del bosque, cuando pasábamos a su lado.

—*Anemonella thalictroides, Cerastium arvense, Cornus canadensis, Oakesia sessilifolia* —dijo. Molly y yo le echamos una mirada, nos hicimos una mueca, y no dijimos nada.

"*Uvularia perfoliata* —continuó Will, señalando con su bastón una diminuta flor en forma de campana de color azul claro.

—¿Lo podría usted decir deprisa tres veces? —preguntó Molly, riéndose.

—Sí —le respondió Will también con una risita.

De repente decidí que nos estaba tomando el pelo.

—¡Está usted inventándose todo eso, Will! —le chillé—. ¡Grandísimo impostor! ¡Por un momento me había engañado!

Me miró altivamente con gesto ofendido, pero los ojos le hacían chiribitas. Luego apartó un poco de maleza con el bastón, y señaló un matojo de pequeñas flores color púrpura.

—*Viola pedata* —dijo, hablándole a Molly, pasando de mí—. Llamada así porque las hojas recuerdan la pata de un pájaro. ¿Tú sí me crees, verdad, Molly?

Molly se reía. El sol brillaba a través de su fino cabello, y por primera vez desde que se puso enferma había color en sus mejillas.

—No estoy segura, Will —dijo sonriente—. Creo que le creo, pero la única flor silvestre que reconozco es el rododendro.

Él asintió con la cabeza.

—*Solidago* —dijo—. Muy corriente por aquí, una planta notable. Pero no la veremos florecer hasta finales de julio. Mientras tanto, deberías investigar alguna de estas otras, Molly. Te tendrá ocupada hasta que puedas volver a la escuela, y te sentará bien estar al aire libre.

Molly se encogió de hombros. No le gustaba que le recordasen sus problemas. Seguimos andando.

Ben y María estaban detrás de la casa, empezando a hacer un huerto. Habían cavado un trozo de suelo, y Ben estaba de pie en medio de toda aquella tierra removida, deshaciendo los terrones con una azada. Su desnuda espalda estaba toda cubierta de sudor –no llevaba puesto nada excepto unos vaqueros gastados llenos de parches– y aunque llevaba un pañuelo atado alrededor de la cabeza, tenía el pelo y la barba empapados también en sudor. Sonrió cuando nos vio.

—¡Ah, salvadores! —exclamó—. ¿Habéis venido a rescatarme de este trabajo de esclavo, no es así?

—Te equivocas —exclamó la chica que estaba sentada en la hierba en la esquina de la parcela—. ¡No hay rescate! Quiero plantar mis guisantes. ¡Hola Will!

Yo solté una carcajada. Will me había dicho la pasada semana que daba la impresión de que iba a haber un bebé. Esa era la suposición más discreta del año. A veces me olvido de que Will tiene setenta años y que es un poco tímido sobre ciertas cosas. María estaba tan absolutamente embarazada que pensé que más nos valdría empezar a hervir agua inmediatamente.

Estaba sentada con las piernas cruzadas y el vientre le descansaba en las rodillas. Llevaba una camisa de hombre con las mangas arrancadas; tenía los brazos desnudos y muy bronceados, lo mismo que las piernas. Tenía la camisa abrochada, pero a duras penas; el botón de en medio estaba desplazado a un lado por el estómago e iba a estallar en cualquier momento. Yo esperaba que dispusiese de una camisa mayor; o eso, o aquel bebé iba a nacer antes de que pasase mucho tiempo. Parecía como si fuese a haber una carrera entre el bebé y el botón, y yo no sabía lo suficiente ni sobre embarazos ni sobre el arte de remendar como para poder predecir quién iba a destacarse y ganar.

María tenía una larga coleta negra que le caía por la espalda, y una sonrisa que nos abarcó a los tres, igual que a Ben, que seguía apoyado en la azada.

—Quisiera presentaros a mis dos amigas. Meg y Molly Chalmers —dijo Will—. Meg es la fotógrafa de la que os he hablado. Y Molly es la animadora pero voy a intentar convertirla en botánica. Chicas, este es Ben Brady y María.

María se incorporó un poco para darnos la mano y dijo:

—María Abbott.

Por el rabillo del ojo pude ver cómo Will titubeaba ligeramente. A Molly le pasó totalmente desapercibido. Estaba demasiado interesada en el bebé.

—¿Cuándo esperáis el bebé? —preguntó Molly—. No os importa que pregunte, ¿verdad? Es que me encantan los bebés.

Desde el huerto, donde había empezado a patear un terrón que evidentemente tenía una piedra dentro, Ben levantó la mirada e hizo una mueca risueña. Hizo girar los ojos en sus órbitas.

—¿Que si le importa que preguntes? Prepárate, Molly, para una hora... dos horas, tres horas... de conversación. ¡Es de lo único que habla! Recuerdo que hubo un tiempo –y tampoco hace mucho, si lo pienso– en que María y yo solíamos hablar de libros. De música. Del tiempo. De política. Cositas así. Ahora nos sentamos al anochecer después de cenar, nos servimos un par de tazas de té, ponemos algo de Beethoven en el estéreo, y hablamos de pañales —Lo dijo como refunfuñando, pero miraba a María cariñosamente.

Todos reímos, incluso María. Le tiró suavemente un puñado de hierbajos y dijo:

—Anda, tú sigue dándole al surco, papaíto. Molly, entra a la casa conmigo. Voy a enseñarte la cuna que estoy restaurando.

Se puso en pie torpemente y, ya levantada, dijo:

—¡Mira! —se alisó la camisa a la altura del vientre para que pudiésemos ver lo redonda que estaba—. No tiene que venir hasta julio. ¿Puedes creértelo? Es increíble lo gorda que me he puesto, pero estoy segura de que julio es el mes correcto. ¿Sabes cómo se calcula la fecha? Es realmente fácil. Se añaden siete días a la fecha en que empezó tu último período, y...

Empecé a hablarle rápidamente a Will, porque veía lo violento que se sentía con la conversación. María y Molly entraron en la casa, y Ben dejó la azada. Nos enseñó a Will y a mí cómo había traído piedras desde el campo para formar un pequeño muro junto al sendero de entrada, y el trabajo que estaba haciendo en el tejado. Nos quedamos por allí dando vueltas mucho rato, hablando de lo que hacía falta hacer en la vieja casa; Will explicó cómo eran las cosas cuando él era niño, y Ben pensó en cómo habría que hacer para dejarlas otra vez igual que estaban entonces. Nos paramos por fin junto a una extensión desnuda de tierra que había junto a la puerta de la cocina, y Will describió las flores que había allí en otros tiempos, y cómo su abuela vaciaba allí el agua de fregar los cacharros, encima de las flores y habían crecido más grandes y más sanas que las demás plantas.

—¡Naturalmente! —dijo Ben—. Probablemente contenía pedacitos de comida, materia orgánica. Estaba abonando las flores sin ni siquiera darse cuenta. Está fenómeno eso; realmente fenómeno. Deberíamos probarlo. Apuesto a que podríamos cultivar allí especias; María se muere de ganas por tener un huerto de especias. "Perejil, salvia, romero y tomillo", cantó, desafinando.

Will daba la impresión, por su aspecto, de que Ben, María, y toda la situación eran demasiado para él. Pero le gustaban; yo lo veía claramente. Y lo de la casa le hacía feliz; también eso me parecía claro.

María preparó té con hielo para todos, y entramos dentro. La casa estaba puesta con muebles y objetos sobrantes y descabalados, la mayoría de ellos con la pintura quitada en parte. María estaba atareada repintando todo. Había una vieja rueca, y dijo que iba a aprender a hilar. La cuna, que estaba casi terminada, una mecedora, restaurada en parte, con un montón de papel de lija en el asiento. La máquina de escribir y los libros de Ben estaban en un estante hecho con una puerta vieja y dos caballetes de sierra.

Will se sentó en la única silla verdadera, un sillón grande y cómodo al que se le salía el relleno como se salen las asclepias de su vaina en otoño.

—Espero que nadie tenga alergias —dijo María riéndose cuando Will se sentó—. Cada vez que se sienta alguien en esa butaca, empiezan a volar por toda la habitación plumas y polvo. Pero lo voy a tapizar de nuevo después de que nazca el bebé.

Ben soltó un suspiro.

—Está loca, verdaderamente loca —dijo bromeando—. ¡Vivo con el constante temor de que una mañana me despertaré y me encontraré con que me ha lijado, raspado, pelado y pintado por la noche!

María se agachó un poco y le examinó el pie desnudo.

—Pensándolo bien —dijo en tono de burla—, no es mala idea. Te vendría bien, sí, que te hicieses un trabajito. Luego descansó la cabeza un instante contra la pierna de él, embutida en su vaquero azul, y él le alborotó el pelo con la mano. Yo no decía gran cosa; me sentía muy feliz de estar allí. El sol ya había bajado en el firmamento y entraba por las ventanas yendo a caer sobre María, sentada allí en el suelo apoyada en Ben, dibujándole doradas figuras en los hombros y en la espesa coleta. Yo estaba mentalmente haciendo una fotografía.

Pero Molly charlaba y charlaba sin parar. Era estupendo oírla; habían desaparecido toda la tensión y toda la irritación. Ben, María y ella hablaban sobre lo que necesitaba la casa por dentro; colgar plantas en las soleadas ventanas; pintar de blanco las viejas paredes de yeso; el tipo de cortinas.

—¡Las haré yo misma! —exclamó María; Ben suspiró, se sonrió y le dio una palmadita en la cabeza.

De camino a casa, Molly se quedaba detrás de Will y de mí. Estaba recogiendo flores silvestres, una de cada clase. Dijo que las iba a prensar y Will le dijo que la ayudaría a identificar cada una, pues tenía un libro que le sería útil.

—Sabe —le dije despacio a Will, mientras caminábamos juntos campo a través—, ojalá yo me pareciese más a Molly. Quiero decir que ojalá supiera decir a la gente las cosas adecuadas. A veces es como si me quedase parada, sin nada que decir.

—Meg —dijo Will, pasándome el brazo por los hombros mientras caminábamos—, ¿ves esa parte del bosque allí, donde está el abeto al lado de los abedules?

—Sí —dije, mirando hacia donde me señalaba.

—Entrando bosque adentro, no muy lejos, más allá del abeto, en el tiempo apropiado del año aparece un matojo de gencianas doradas. ¡Has visto alguna vez una genciana áurea?

¿Qué os parece eso? Cuando le estaba diciendo algo realmente serio, realmente personal, diablos, a mi mejor amigo, él ni siquiera me estaba escuchando. Seguía hablando de sus plantas.

—No —le dije, un poco sarcásticamente—. Nunca he visto una genciana áurea.

—Será después de que te hayas vuelto a la ciudad —dijo—. No florecerán hasta finales de septiembre, o incluso octubre. Pero quiero que vuelvas, para poder enseñártela.

—Muy bien —dije con un suspiro. Me importaba un pepino su vieja genciana dorada.

—Es importante, Meg —dijo Will—. ¿Me lo prometes?

Bueno, si era importante para él, de acuerdo. De todas maneras a mí me iba a gustar volver, y no me importaba echarle una mirada a su planta. A lo mejor quería fotografiarla o algo así.

—Lo prometo, Will —dije.

Capítulo Siete

Por fin Molly ha dejado de estar hecha una gruñona. Ocurrió poco a poco, y no estoy segura de que el cambio sea bueno. No ha vuelto todavía a ser la vieja Molly que era antes de caer enferma. Ya no es la Molly divertida que era, siempre haciendo carantoñas, llena de sonrisas e ideas, y que se entusiasmaba por cualquier cosa.

Ahora no sé lo que es. Sobre todo una extraña. Es como si se hubiese convertido en parte de un mundo diferente, un mundo que ya no me incluye a mí, ni tan siquiera a mamá y a papá. Está más silenciosa, más seria, casi retraída. Cuando le hablo de las cosas que están ocurriendo en la escuela, ella escucha y hace preguntas, pero es como si realmente no le importase mucho; escucha sólo por cortesía.

Ahora sólo le interesan unas pocas cosas. Pasa mucho tiempo con las flores. En el pasado, las flores eran para Molly cosas entre las que correr por un prado, cosas que coger, cosas en las que enterrar la nariz, cosas para poner en un jarrón sobre la mesa. Ahora, con la ayuda de Will, está documentándose sobre ellas; lee los libros que él le ha traído e identifica las flores silvestres que ha encontrado en los campos. Las clasifica, les pone etiquetas y las coloca por orden en un cuaderno de botánica que está haciendo. Eso le ocupa la mayor parte de su tiempo. Es muy cuidadosa y muy seria acerca de sus flores. Nosotros no nos atrevemos nunca a gastarle bromas sobre ellas.

Es como si, de repente, se hubiese hecho vieja.

La otra cosa que todavía le interesa es el bebé. Visita a menudo a María, y hablan y hablan sobre el bebé. Molly está ayudando a María a hacer ropitas para el niño; cosen juntas y, cuando terminan algo, Molly lo plancha con gran cuidado, lo dobla pulcramente y lo guarda en un cajón que están llenando de cositas.

Incluso Ben y María parecen un tanto perplejos por el interés que muestra Molly por todos esos minúsculos camisoncitos y jerseys. Una vez oí que Ben le decía: "Eh, Molly. Va a ser ya el niño mejor vestido del valle. Anda, deja un ratito de coser ¿quieres? Ven conmigo a ver si encontramos algunas fresas salvajes".

Pero Molly se limitó a sonreírle y a mover la cabeza con gesto negativo.

—Ve tú, Ben —dijo—. Lleva a Meg. Quiero terminar esto. Quiero que todo esté perfecto cuando llegue el niño.

Ben rezongó y dijo:

—Molly, ¿no sabes cómo son los niños? Se va a hacer pis en todas esas ropitas. ¿Por qué tienen que ser perfectas con la clase de futuro que les espera?

Molly le sonrió y siguió cosiendo.

Y a veces, sin razón aparente, Molly misma es como un bebé. Una noche de lluvia, después de cenar, estábamos sentados delante de la chimenea. Mamá estaba ocupada con su edredón, papá estaba leyendo, y Molly y yo estábamos simplemente mirando cómo ardían los troncos y soltaban chispas en la chimenea al quemarse. Teníamos puesto el pijama.

De repente, sin hacer ruido alguno, Molly se incorporó, fue a donde estaba papá, y se le sentó en las rodillas. No dijo nada. Él se limitó a dejar el libro, rodearla con sus brazos, estrecharla contra sí y mirar el fuego. Ella reclinó la cabeza en su hombro como una niña somnolienta de dos años, y él le acarició con una mano el fino y escaso pelo que le quedaba.

Yo podría entender, supongo, el cambio que se ha producido en Molly si todavía estuviese enferma. Pero no es así; está perfectamente bien. Sigue tomando las pastillas, y cada tres o cuatro semanas, mamá la lleva a Portland al hospital, a que le hagan pruebas, para comprobar que todo va bien. Han dicho los doctores que pronto podrá dejar de tomar las píldoras del todo y entonces le volverá a crecer el pelo. El especialista le ha dicho que ganará un concurso de belleza cuando tenga otra vez sus rizos.

Mamá nos lo contó a la hora de cenar, después de que regresaron del hospital, y Molly se limitó a sonreír con esa sonrisa benévola y tolerante que la mayor parte de la gente dedica a los niños pequeños cuando dicen alguna bobadita. Y, sin embargo, hubo un tiempo en el que hubiese significado algo para Molly el que dijeran que era guapa.

En fin, las cosas cambian. Y yo tendré que aprender a adaptarme a esos cambios.

Una mañana a principios de junio, mi padre entró en la cocina, se sirvió una taza de café y suspiró. Yo estaba en ese momento terminando mi desayuno y había proyectado pasar toda la mañana del sábado en el cuarto oscuro. Había fotografiado a María junto a la ventana de su cocina, y Will y yo estábamos experimentando diferentes clases de papel para el acabado de los positivos. Apenas podía contener mi impaciencia por empezar a probar cómo saldrían las fotos de María con diferentes contrastes, texturas y tonos.

Pero sé que cuando papá se sirve una taza de café, se sienta en la cocina y suspira, es mejor que me quede porque algo se está cociendo.

—Acabo de recibir una llamada por teléfono —dijo— de Clarice Callaway.

—¿Te has retrasado en devolver los libros? —pregunté—. Es un verdadero hueso cuando se retrasa uno en devolverlos.

Se echó a reír.

—No, ella y yo hemos alcanzado un acuerdo amistoso y muy conveniente en lo que respecta a los retrasos. Ojalá fuese eso todo. Empezó la conversación diciendo: "No quiero entrometerme, pero…". Y ya sabes lo que eso significa.

—Significa que sí que quiere entrometerse. A veces empieza con: "No quiero ser meticona pero…".

—Justo. Y eso quiere decir que sí quiere ser meticona. Ya veo que te conoces bien a Clarice, Meg. Bueno, esta vez se trata de que está preocupada porque Will haya alquilado la casa. Dice que todo el pueblo está revuelto —lo que doy por sentado que es una típica exageración Callaway— porque hay hippies viviendo en la casa de Will.

—¿Hippies? ¿Qué quiere decir con eso?

Papá frunció el ceño.

—Yo no lo sé. Ben tiene barba, y supongo que según Clarice eso le convierte en un hippie. Pero tal vez tú puedas aclarar algo las cosas que mencionó. ¿Es cierto que Ben y María están cultivando marihuana detrás de la casa?

Yo me eché a reír.

—Por supuesto que no, papá. Han sembrado guisantes y fresas hasta ahora. Ben quiere plantar calabazas, pero no ha decidido aún qué variedad. Y esta semana pondrá tomates y judías.

—¿Es cierto que se pasean por ahí desnudos?

—Cielo santo, papá. No, no es cierto, pero aunque lo fuera ¿tendría que importarle a nadie? Están ahí aislados en el quinto pino. Una tarde María se quitó la camisa y se tumbó al sol. Cuando llegué, tenía la camisa quitada, y me preguntó si me importaba. Yo le dije que no, y siguió sin ella durante un rato. Como espera ya tan pronto al niño, se siente muy acalorada e incómoda.

—Bueno, eso fue otro de los temas de Clarice. ¿Es cierto que proyectan tener ese bebé por sí mismos, en la casa?

—Sí. Pero están leyendo los dos todo lo que cae en sus manos sobre cómo se hace un parto. María está haciendo toda clase de ejercicios, y siguieron los dos juntos un curso en Boston. Y el doctor Putnam, el del pueblo, ha accedido a ir si le necesitan.

Papá se rascó la cabeza.

—¿No hay ninguna posibilidad de que cambien de idea sobre eso?

—No creo, papá. Es muy importante para ellos. Les emociona la idea de hacerlo por sí mismos, la idea de que el bebé nazca allí en la casa, en lugar de un hospital. No les gustan las características impersonales de los hospitales. Pero también el bebé es importante para ellos. Están haciendo todo lo posible para asegurarse de que el niño nazca sano y sin riesgos.

—Bueno, supongo que puedo tratar de convencer a Clarice de eso. Así que ya sólo nos queda una cosa. Sí que están casados ¿verdad?

Yo agité los últimos restos reblandecidos de cereal que quedaban en el fondo de mi tazón.

—Ellos se quieren. Hablan de envejecer juntos, de pasar veladas sentados en el porche en sus mecedoras, y de lo que será besarse cuando tengan los dos dentaduras postizas y gruesas gafas.

—Eso no es lo que te he preguntado. ¿Están casados?

Es curioso cómo se pega el cereal a un tazón cuando está húmedo. La verdad es que tuve que despegarlo de los lados del tazón con la cuchara.

—Creo que no, papá. María no lleva anillo de casada, y su apellido es distinto del de Ben.

Mi padre frunció el entrecejo.

—Eso es lo que yo me temía. La verdad es que no sé cómo resolver esta papeleta. Y Clarice ya ha llamado al sobrino de Will que vive en Boston. Bueno, a lo mejor deberías tú hablarles a Ben y a María del asunto, Meg. Es mejor que estén preparados.

Estupendo. ¿Y qué es lo que tenía yo que hacer, ir a decirles a mis amigos, quienes iban a tener un bebé al mes siguiente, que yo pensaba que deberían casarse? ¿Es que acaso eso era asunto mío?

Y sin embargo, mi padre tenía razón. Deberían saber lo que estaba pasando. Abandoné mis proyectos de trabajar en el cuarto oscuro esa mañana. Ben y María me habían preguntado si podrían ver algunas de mis fotos, así que cogí las que había hecho de Will, y dos que acababa de terminar de Molly. Ésta ni siquiera se había dado cuenta de que se las hubiese hecho; cuando las saqué estaba sentada en la escalera del porche de delante ocupada con algunas de sus flores silvestres. Con la ayuda de Will, había pegado cada una de las flores que había prensado, y les había puesto a cada una su nombre latino. En una de las fotos se veía a Molly a contraluz con un capullo de perejil silvestre en la mano; la flor y ella aparecían en silueta. En la otra foto aparecía su cabeza inclinada, con lo que quedaba de su rizoso cabello cayéndose sobre la cara mientras colocaba unas minúsculas flores en una página.

Cuando llegué a casa de Ben y María, estaban colgando sábanas y toallas en la cuerda de secar la ropa que había detrás de la casa. Hacían todos los sábados la colada, usando una vieja lavadora con secador que habían comprado en una subasta. Ben siempre le decía en broma a María que, si no tenía el bebé a tiempo, la pasaría por el secador y le sacaría el niño estrujándola; el solo pensamiento me da dolor de vientre, pero María lo encontraba muy divertido.

—¡Hola, Meg! —gritó Ben alegremente cuando me vio llegar—. ¡El mes que viene por estas fechas, estaremos colgando pañales!

—Querrás decir que estarás tú colgando pañales —dijo María riéndose, mientras con las dos manos agitaba en el aire una toalla mojada para quitarle las arrugas—. Yo estaré tumbaba en la cama recibiendo cuidados. ¡Y me llevarán el té en bandeja, mientras me recupero!

Conociendo a María como la conocía, no pensaba yo que se pasase mucho tiempo en la cama recuperándose. Lo más probable sería que estuviese de pie y haciendo cosas al día siguiente de llegar el bebé, acuchillando el suelo, construyendo una librería, o haciendo mermelada de frambuesa. La convencí para que me dejase ayudar a Ben a hacer el resto de la colada y ella entró en la casa para hacer un pote de té.

Nos sentamos los tres alrededor de la pequeña mesa pintada de la cocina a tomar té con hierbabuena fresca.

Saqué las fotos para enseñárselas. Les encantaron las de Will, porque quieren a Will. Pero las dos de Molly eran mejores. Así les pareció a ellos, y también yo vi la diferencia. Se debía en parte a lo mucho que he aprendido trabajando con Will; y en parte a que ahora estaba usando su cámara alemana. Me había enseñado a usar las diferentes lentes; esas dos de Molly las había hecho con los objetivos de 90 mm., y de ese modo había podido sacárselas desde lejos, sin que se diese cuenta de que yo lo estaba haciendo. Su cara tenía una expresión absorta, enfrascada en las flores, la fina lente captó el nítido perfil con que el sol marcaba su cabello y las sombras que le cruzaban el rostro y las manos.

—Le he preguntado a Molly si quería venir conmigo esta mañana —expliqué—, pero no se sentía bien. Me dijo que os saludara y que viera cómo ibais con la cuna.

A María se le iluminó de orgullo la cara y señaló al cuarto de estar, donde vi la cuna ya terminada. Estaba reluciente de cera; a un lado, doblada, había una suave manta amarilla de punto.

—Meg —preguntó Ben como vacilando—, ¿qué le pasa a Molly?

Les hablé de su enfermedad, sobre las hemorragias nasales, el hospital, las transfusiones, y de las píldoras que estaban haciendo que se le cayera el pelo. Permanecieron los dos muy callados. Ben alargó la mano y me acarició suavemente la cabeza.

—Eso es duro —dijo—. Muy duro.

—Bueno —expliqué—, la cosa no tiene tanta importancia. Y está mucho mejor. Mirad —Señalé una de las fotos—. ¿Veis lo redonda que se le está poniendo la cara? Ha ganado cuatro kilos desde que volvió a casa del hospital.

María echó más té en las tazas.

—Me alegro de que viniéramos aquí, Ben —dijo de repente—, por Molly. Está muy emocionada con lo del bebé.

Eso me recordó el motivo por el que había venido a verlos.

—Por cierto —dije—, ¿conocéis la iglesia del pueblo?

—Claro —dijo Ben—, la de la torre blanca. Parece la foto de una postal. ¿Por qué? ¿Vas a fotografiarla?

—No —dije—. Pero el sábado pasado, cuando fui con mamá al pueblo a comprar comida, había allí una boda. Fue realmente bonito, la novia salió y arrojó su ramo desde la escalinata. Todas las damas de honor llevaban un vestido azul claro, y… —vacilé—. Bueno no sé. Es sólo que era muy bonito.

Ben y María estaban haciendo muecas divertidas. Ben es muy bueno en eso de hacer muecas; torcía la boca para un lado y ponía los ojos bizcos.

—Bodas —dijo—. Uaaj.

María giró los ojos y se mostró de acuerdo con él.

—¿Por qué? —pregunté—. ¿Qué hay de malo en casarse, demonios?

Ambos parecieron sorprendidos.

—En casarse no hay nada malo —dijo Ben—. Lo que es tan horrible son las bodas. ¿Qué te parece, María, se lo enseñamos?

María hizo una mueca y asintió con la cabeza.

—Sí —dijo—, es una buena chica.

Ben entró al cuarto y sacó una caja de un armario. La trajo a la cocina y la puso sobre la mesa. Me echó una miradita burlona, se pasó los dedos por la barba, y dijo con voz diabólica:

—¿Quieres ver unas cuantas fotos horribles, señorita?

Luego abrió la caja. Yo me eché a reír. No eran malas fotografías; de hecho, desde un punto de vista técnico, eran fotos muy buenas, aunque a mí el color no me enloquece.

Pero eran horribles. Y eran fotos de la boda de Ben y María, vaya. Estaban en un grueso álbum de cuero blanco en el que ponía *Nuestra Boda* en la cubierta con letras doradas. Y comprendí, mientras las miraba, lo que querían decir Ben y María cuando hablaban de bodas horribles.

Allí estaban los smokings, con sus faldones, y las chisteras. María, con el vestido levantado para mostrar una liga de encaje azul. Los grandes floreros junto al altar de la iglesia.

—¿Sabes tú lo que fue de esas flores? —preguntó María—. ¿Doscientos dólares de flores? Se tiraron tan pronto como terminó la ceremonia.

Estaba también la tarta de bodas, de un metro de altura, adornada con pájaros y flores y cintajos escarchados.

—¿Sabes cuánto costó la tarta? —preguntó Ben con una mueca—. Cien pavos. ¿Y sabes a qué sabía? A cartón.

Había cientos de personas bebiendo champán.

—¿Sabes quiénes son esa gente? —preguntó María—. Los amigos de mis padres. Los amigos de los padres de Ben. ¿Sabes lo que están haciendo? Emborrachándose, a costa de quinientos dólares de champán.

Y allí estaban Ben y María, rodeados de gente, flores y comida. Estaban sonriéndole a la cámara, pero su aspecto indicaba que no les salía muy de dentro la sonrisa.

—¿Sabes quiénes son esos? —pregunto Ben. Hice un gesto afirmativo con la cabeza—. Son Ben Brady y María Abbott, que querían çasarse en un campo lleno de margaritas junto a un arroyo, que querían tener música de guitarra en lugar de una orquesta de cinco músicos; vino casero en lugar de champán —dijo. Cerró el álbum de un manotazo y lo volvió a meter en la caja.

—¿Y por qué lo hicisteis? —pregunté.

Ellos se encogieron de hombros.

—¡Oh, muchas veces resulta más fácil complacer a la gente! —dijo por fin María—. Los padres de Ben querían una gran boda, mis padres querían una gran boda. Lo hicimos por ellos, supongo.

—¿Puedo haceros una pregunta tonta?

—Claro.

—¿Por qué no tenéis los dos el mismo apellido?

Fue María quien me contestó.

—Yo, Meg, he tenido el apellido Abbott toda mi vida. María Abbott hizo cosas de las que yo estaba orgullosa. Gané un premio de música en la escuela secundaria, y era María Abbott. En la universidad fui escogida para ser miembro de la sociedad Phi Beta Kappa, algo para lo que trabajé duro, y yo era María Abbott. Cuando comprendí que quería casarme con Ben, también comprendí que no quería dejar de ser María Abbott. Ben supo comprenderlo. No hay ninguna ley que diga que una esposa debe tomar el nombre de su marido. Así que no lo hice. Tal vez algún día tú pienses lo mismo sobre Meg Chalmers.

Por ahora sé muy bien que no quisiera ser otra cosa que Meg Chalmers. Es curioso lo de los nombres, cómo se convierten en parte de alguien. De repente me acordé del pequeño Will Banks, que, hace unos años, sentado en una habitación triste y enfadado, grabó el nombre WILLIAM en el suelo del armario.

—Anda —dije—. Es curioso que no hubiese pensado en esto antes—. El bebé. ¿Qué nombre le vais a poner? A él o a ella.

María dejó escapar un suspiro.

—Haznos cualquier otra pregunta, Meg. No nos preguntes cómo le vamos a llamar, a él o a ella. No acabamos de decidirnos. Todo el día estamos discutiendo sobre el asunto. Nos gritamos. Es horrible.

Ben dijo:

—Yo he decidido no preocuparme. Supongo que el bebé llegará y antes de hacer ninguna otra cosa, nos dará la mano a todos y dirá: "Hola. Soy fulanito". Y ésa será la única manera de que sepamos cómo se llama.

Luego se puso en pie de un salto, cruzó a zancadas el salón y abrió una puerta.

—¡Mira! ¡Aquí es donde nacerá!

Miré desde el salón y vi a continuación una habitación vacía, muy limpia, con las paredes recién pintadas de blanco, con una cama de latón sola en el medio.

—Y aquí es donde dormirá —dijo María, sonriente, tocando la cuna con su pie desnudo, lo que la hizo balancearse ligeramente.

—¡Y esto es lo que llevará puesto! —dijo Ben todo orgulloso, acercándose al cajón de un aparador de madera de pino lijado en parte, y sacando un minúsculo camisoncito azul.

El cajón estaba lleno de pequeñas prendas dobladas.

—¡Y esto es lo que comerá! —dijo María con una sonrisa radiante, sujetándose los pechos con las manos.

—Y… —Ben se quedó de repente parado, en medio del salón—. Meg, ven. Quiero enseñarte una cosa.

Me cogió de la mano y salí con él por la puerta trasera cogiendo mis fotos al salir. Era casi la hora de comer.

Crucé el jardín con Ben donde los guisantes crecían enredados a las guías de alambre. Atravesé un espacio donde había plantado alisos después de limpiarlo de maleza y pasamos el comedor de madera para pájaros que María llenaba de semillas todas las mañanas. Pasado un grupo de pinos jóvenes, había arrancado los hierbajos y dejado al descubierto parte de una cerca de piedra que llevaba allí, por lo que yo sé, más de cien años. La luz del sol penetraba a través de los árboles circundantes en aquel pequeño y recoleto espacio; había cortado la hierba, y era todo muy suave, muy verde y muy tranquilo.

Me pasó el brazo por los hombros y dijo:

—Y aquí es donde enterraremos al bebé, si no llega a vivir.

Yo no podía dar crédito a lo que oía. Le aparté el brazo y dije:

—¿Qué estás diciendo?

—Ya sabes —dijo con voz firme— que a veces las cosas no salen como uno quiere. Si el bebé muere, María y yo le enterraremos aquí.

—¡No va a morir! ¡No digas una cosa tan horrible!

—Mira, Meg —dijo Ben—, no basta con que uno diga que las cosas malas no van a ocurrir nunca. Pero la vida resulta mucho más fácil si uno es consciente de que a veces ocurren y lo acepta. Por supuesto que lo probable es que el bebé vaya estupendamente. Pero María y yo también hablamos de la otra posibilidad. Sólo por si acaso. Sólo por si acaso.

Me di la vuelta y me aparté de él, dejándolo allí plantado. Estaba tan furiosa que temblaba. Volví la cabeza; tenía las manos en los bolsillos, y me estaba mirando.

Dije:

—Sólo por si te interesa, Ben Brady, te diré que eres una persona absolutamente horrible. Ese bebé no se merece tenerte a ti como padre.

Luego eché a andar hacia casa, y de camino para allí sentí habérselo dicho, pero era demasiado tarde para volver.

Capítulo Ocho

Molly está otra vez en el hospital, y es culpa mía. ¿Cuándo aprenderé a mantener la boca cerrada? Ya le había dicho a Ben algo que lamentaba, y no tuve el valor de ir a él y disculparme. Y solamente una semana más tarde, también la lié con Molly.

Ella estaba en la cama, en camisón, aunque eran las once de la mañana. Se ha vuelto condenadamente perezosa, y mis padres ni siquiera le dicen nada por ello. Ésa era, para empezar, una de las razones por las que yo estaba enfadada con ella, el que estuviese todavía en camisón a las once de la mañana.

También estaba enfadada y gruñona. No estoy segura de por qué. Creo que sobre todo era porque la escuela acababa de terminar, antes de que ni siquiera hubiese tenido la oportunidad de volver a ella. Tierney McGoldrick apenas la llamaba ya nunca. Ella no lo sabe, pero hacia el final del trimestre él empezó a salir con una chica pelirroja del último curso. Por lo menos fui lo suficientemente sensata como para no contárselo a Molly. Pero allí estaba ella, tumbada en la cama y refunfuñando sobre el aspecto tan horrible que tenía. Y yo estoy harta de oírle a Molly hablar de su aspecto, de que si tiene la cara demasiado gruesa, de que si su pelo es demasiado fino. Si uno la oyera hablar, diría que estaba realmente hecha un desastre, cuando la verdad es que es todavía un billón de veces más bonita que yo, que es lo que me pone enferma al oírla.

Así que le dije que cerrara el pico.

Ella me dijo que me fuese al cuerno, y que antes de irme al cuerno, que recogiese mis zapatillas que estaban tiradas en su mitad de habitación.

Le dije que las recogiera ella misma.

Ella empezó a incorporarse, creo que para coger mis zapatillas y tirármelas, y cuando balanceó las piernas para bajarse de la cama, vi de repente qué aspecto tenían.

—¡Molly! —dije, olvidándome de las zapatillas—. ¿Qué les pasa a tus piernas?

—¿Qué quieres decir con eso de qué les pasa a mis piernas?

Hasta entonces nadie había criticado las piernas de Molly; a decir verdad hasta yo misma tengo que admitir que Molly tiene unas bonitas piernas. Se levantó el camisón y echó una mirada.

Tenía las dos piernas cubiertas de manchas rojo oscuro. Parecía como si la hubiesen picado muchos mosquitos, sólo que no estaban hinchadas.

—¿Te duele?

—No —dijo lentamente, con aire perplejo—. ¿Qué es lo que puede ser? Ayer no lo tenía; estoy segura, sé que no.

—Bueno, pues ahora sí está, y desde luego tienen un aspecto muy raro.

Volvió a bajarse el camisón para taparse las piernas.

Luego se metió en la cama y se tapó hasta el cuello.

—No se lo digas a nadie —dijo.

—Claro que se lo voy a decir. Ahora mismo se lo digo a mamá. —Y salí corriendo de la habitación.

—Ni se te ocurra —me ordenó Molly.

Que me aspen si es que voy a recibir órdenes de Molly. De todos modos, es que realmente pensaba que mis padres deberían saberlo. Bajé y le dije a mamá que Molly tenía algo raro en las piernas; se levantó de un salto con una expresión de miedo en la cara y subió al piso de arriba. Yo me quedé al margen después de eso, pero escuché.

Oí que mamá y Molly estaban discutiendo. Oí cómo mi madre iba al estudio a buscar a papá. Luego siguieron discutiendo con Molly. Oí cómo mi madre iba al teléfono de arriba, hacía una llamada y volvía al cuarto de Molly

Luego oí gritar a Molly. La oí chillar. Yo no había oído a Molly así en mi vida. Gritaba.

—¡No! ¡No lo haré! ¡No lo haré!

Las cosas se calmaron al cabo de unos instantes, y luego bajó mi padre. Su rostro estaba muy abatido, muy cansado.

—Tenemos que volver a llevar a Molly al hospital —me dijo secamente y, sin esperar mi respuesta, salió a poner el coche en marcha.

Mamá bajó con Molly. Ésta iba en bata de baño y zapatillas, y estaba sollozando. Cuando estaban junto a la puerta delantera, Molly me vio de pie, sola, en el salón. Se volvió hacía mí, todavía llorando y dijo:

—¡Te odio! ¡Te odio!

—Molly —dije en un surruro—, no digas eso, por favor.

Estaban ya en el coche y listos para partir cuando oí que mi madre me llamaba. Salí, dejando que la puerta se cerrara a mis espaldas, y fui hasta el coche.

—Molly quiere decirte algo —dijo mamá.

Molly estaba en el asiento trasero, acurrucada en un rincón, frotándose los ojos con el revés de la mano.

—Meg —dijo, atragantándose un poco porque estaba tratando de dejar de llorar—. ¡Diles a Ben y a María que no tengan el bebé hasta que yo vuelva a casa!

—Vale —dije con un gesto afirmativo—, se lo diré.

¡Como si ellos pudieran controlar eso! Pero les diría lo que había dicho Molly, simplemente porque Molly me lo pedía. En aquel momento yo hubiera hecho cualquier cosa en el mundo por Molly.

Subí al piso de arriba, recogí mis zapatillas y las guardé en el armario. Hice la cama de Molly. Las bardagueras seguían todavía allí, en su jarroncito. Las fotos de Will estaban otra vez puestas en la pared, y las dos de Molly y sus flores las acompañaban. La marca de tiza aún seguía allí, algo borrosa, pero allí aún. Era una habitación agradable, sólo que una hora antes Molly estaba en ella y ahora ya no, y había sido culpa mía.

Bajé al cuarto oscuro, recogí las fotos de María de las que me había estado ocupando y crucé los campos hasta la casa de mis amigos.

Will Banks estaba allí, almorzando con Ben y María. Estaban todos sentados fuera en la mesa de picnic, comiéndose toda la cosecha de guisantes. Había un gran cuenco de éstos en medio de la mesa, y todos comían de él cada cual con su cuchara, como si fuese el tipo de almuerzo más normal del mundo.

—¡Hola, Meg! —me saludó Ben—. ¿Cómo van las cosas? Toma un guisante. ¡Toma dos guisantes!

Me dio a comer los dos guisantes de su propia cuchara; eran los guisantes más tiernos y dulces que yo había comido nunca. Me senté en el banco al lado de Will y dije:

—Molly está otra vez en el hospital y dice que por favor no tengáis al bebé hasta que vuelva a casa. Ya sé que decir eso es una bobada —dije, y luego me eché a llorar.

Will Banks me pasó el brazo por los hombros, y empezó a acunarme atrás y adelante como si yo fuera un bebé.

Yo lloré hasta que el cuello de su camisa se transparentó de mojado que lo dejé, sin parar de decir:

—Es culpa mía, es culpa mía, es culpa mía.

Will no decía nada más que:

—Vamos, vamos.

Por fin dejé de llorar, me senté derecha, me soné la nariz en el pañuelo que Will me dio y les conté lo que había pasado. Ninguno habló mucho. Me dijeron, claro, que no era culpa mía. Yo ya lo sabía. Ben dijo:

—A veces, sabes, le viene a uno bien tener alguien a quien echarle la culpa, aunque sea a uno mismo y aunque no tenga sentido.

Nos quedamos un momento en silencio y luego le dije a María si me prestaba su cuchara. La limpió con su servilleta y me la dio, y yo me comí todos los guisantes que quedaban en el gran cuenco. Había kilos de guisantes, y me los comí todos. En mi vida había estado tan hambrienta.

Me miraban los tres asombrados mientras me comía todos aquellos guisantes. Cuando terminé, María empezó a hacer muecas. Entonces todos nos echamos a reír, y nos reímos hasta que estuvimos agotados.

Qué bueno es tener amigos que comprendan que hay momentos que son para llorar y momentos que son para reír, y que a veces las dos cosas van muy juntas.

Saqué las fotos de María, Will ya las había visto, claro, porque habíamos trabajado juntos en ellas. Ahora se le da tan bien el cuarto oscuro como a mí, pero nuestros intereses son diferentes. A él le fascinan los aspectos técnicos de la fotografía: las sustancias químicas y el funcionamiento interior de las cámaras. A mí no me preocupan tanto esas cosas, a mí me preocupa la expresión en los rostros de la gente, el cómo les da la luz, y los dibujos y suaves contrastes que forman las sombras.

Miramos juntos las fotos, y hablamos de ellas. Ben era en gran manera como Will: le interesaban los problemas de exposición y de amplitud de campo; María era como yo: le gustaba ver cómo se marcaban las sombras en el bulto que formaba el bebé dentro de ella, cómo descansaban sus manos en el perímetro de su cintura, y cómo sus ojos aparecían serenos y emocionados al mismo tiempo.

—Meg —dijo—, Ben y yo hablábamos la otra noche de una cosa, y queremos que te lo pienses y lo hables con tus padres. Si tú quieres, y si a ellos no les importa, nos gustaría que fotografiases el nacimiento del bebé.

Yo me quedé de una pieza.

—Vaya —dije lentamente—, no sé. Ni siquiera se me había pasado por la cabeza. Quiero decir que no querría entrometerme.

Pero los dos estaban haciendo un gesto negativo con la cabeza.

—No —dijo Ben—, no sería una intromisión. No querríamos que estuviese allí cualquiera, y naturalmente, tendrías que tener mucho cuidado con no estorbar y no tocar nada que esté esterilizado. Pero tú eres alguien muy especial, Meg; tú eres nuestra amiga íntima. A María y a mí nos gustaría algún día poder evocar ese momento. También nos gustaría que el bebé, algún día, pueda verlo. Y tú eres la que puedes hacerlo, si quieres.

Yo claro que quería, con todas mis fuerzas. Pero también tenía que ser sincera con ellos.

—Nunca he visto el nacimiento de un niño —dije—, y ni siquiera sé mucho sobre el asunto.

—¡Y tampoco nosotros! —dijo María echándose a reír—. Pero te prepararemos para ese papel. Ben te enseñará nuestros libros y te explicará todo por adelantado para que sepas lo que has de esperar cuando llegue el momento. Sólo que, Ben —añadió dirigiéndose a él—, creo que será mejor que lo hagas pronto, porque no sé cuánto tiempo más tenemos. El calendario dice que dos semanas, pero hay momentos en que me pregunto si no será antes.

Yo prometí hablar con mis padres y Ben dijo que también lo haría él. De repente me vino un pensamiento.

—¿Y qué pasará si nace por la noche? —pregunté—. No habrá suficiente luz. Supongo que podría usar un flash, pero…

Ben levanto la mano.

—¡No te preocupes! —dijo—. Hizo una especie de bocina con las dos manos y las colocó contra el vientre de María.

Luego le habló al bebé a través de la bocina que formaban sus manos: "Escucha esto, chico. Quedas advertido de que tienes que esperar a que Molly vuelva a casa, luego vienes, pero hazlo a la luz del día, ¿me oyes?

—Con eso bastará —dijo Ben—. María y yo estamos decididos a tener un niño obediente.

Antes de marcharme, llevé a Ben aparte y le hablé a solas.

—Siento mucho, Ben, lo que te dije el otro día.

Me apretó los hombros.

—Está bien, Meg. Todos decimos cosas que luego sentimos. ¿Pero comprendes ahora de qué te hablaba el otro día?

Hice un gesto negativo con la cabeza y le contesté muy en serio y con toda honradez.

—No. Creo que te equivocas en adelantar cosas malas. Y no comprendo por qué se te ocurre siquiera pensar algo así. Pero de todas maneras, siento lo que te dije.

—Bueno —dijo Ben—, somos amigos de todos modos. Ánimo, Meg —Y me estrechó la mano.

Will me acompañó a casa campo a través. Iba muy callado. A medio camino, dijo:

—Meg, tú eres muy joven. ¿Crees de veras que es una buena idea estar allí cuando nazca el niño?

—¿Por qué no?

—Puede dar mucho miedo. Un parto no es algo fácil, sabes.

—Eso ya lo sé —aparté una piedrecita con la punta del pie y de una patada la mandé a un matojo de hierbas altas—. Por lo que más quieras, Will, ¿cómo voy a aprender si no me atrevo a correr riesgos? ¡Fue usted quien me enseñó eso!

Will se paró en seco y se quedó un momento pensativo.

—Tienes toda la razón, Meg. Toda la razón —Parecía un tanto cortado.

Eché una ojeada al campo.

—Will ¿qué ha pasado con todas esas florecitas amarillas que había aquí el mes pasado?

—Se acabaron hasta el próximo junio —me dijo—. Han sido sustituidas todas por las flores de julio. Los solidagos de Molly estarán en plena floración antes de que pase mucho tiempo.

—A mí me gustaban aquellas florecillas amarillas —dije malhumorada.

—Margaret, ¿estás expresando tú pesar de que el jardín dorado no vaya a florecer? —preguntó Will.

—¿Cómo? —Yo estaba perpleja. Nunca me llamaba Margaret. ¿De qué me estaba hablando?

Él se sonrió.

—Es un poema de Hopkins. Tu padre lo conocerá. "Es el final derrumbe para el que nació el hombre, y es por ti, Margaret, por quien muestras tu pena" —continuó.

—Yo no —le dije con arrogancia—. Yo nunca siento pena por mí misma.

—Todos lo hacemos, Meg —dijo Will—. Todos.

Eso fue hace tres semanas. Julio ya casi ha pasado ahora. Molly aún no está en casa. El bebé no ha nacido, así que supongo que está siguiendo las instrucciones de Ben y esperándola. Yo he estado estudiando con María y Ben los libros sobre partos, y estoy lista para hacer las fotos. A mis padres no les importa. Cuando se lo pregunté, dijeron: "Desde luego", sin ni siquiera discutirlo. Estaban muy preocupados. Ahora sé finalmente por qué.

Fue hace unas pocas noches, después de la cena. Papá estaba fumando su pipa en la mesa de la cocina. Ya se habían fregado los platos; mamá estaba cosiendo en su edredón, que está casi terminado. Yo andaba simplemente dando vueltas por allí, hablando demasiado, intentando compensar el silencio en el que se consumía nuestra casa. Incluso puse la radio; estaban tocando música rock.

—¡Eh, papá, baila conmigo! —dije, tirándole de la manga. Era una bobadita que solíamos hacer a veces, cuando vivíamos en la ciudad. Mi papá es un bailarín horrible, pero de vez en cuando solía bailar con Molly y conmigo en la cocina; mi madre se partía de risa.

Por fin dejó la pipa, se levantó y empezamos a bailar. Pobre papá, no había mejorado nada desde la última vez que lo hicimos, y yo creo que sí, que he mejorado un poco. Pero no tiene complejos, y lo intentó. Afuera estaba oscuro; habíamos cenado tarde. Mamá encendió la luz, y en las paredes de la cocina vi algunos de los dibujos de flores silvestres que Molly había hecho, y que había colgado aquí y allá. Papá y yo bailamos sin parar, tanto que papá sudaba y se reía. Mamá se estaba riendo también.

Luego la música cambió, a una pieza lenta. Papá soltó un gran suspiro de alivio y dijo:

—Ah, mi música. ¿Puedo tener el gusto, querida?

Me alargó los brazos y yo me apretujé entre ellos. Bailamos lentamente un vals por toda la cocina, como personajes de una película antigua, hasta que la música terminó. Nos quedamos parados mirándonos el uno al otro cuando acabó, y yo dije de repente:

—Ojalá estuviera aquí Molly.

Mi madre hizo un ruidito, y cuando me volví a mirarla, estaba llorando. Miré a papá sin saber qué pensar y tenía también lágrimas en los ojos; era la primera vez que yo veía llorar a mi padre.

Le alargué los brazos y ambos cogimos entre ellos a mamá. Se refugió en ellos, y cuando empezaba otra vez la música, otra canción lenta y melancólica de algún verano ya pasado que yo no conseguía recordar, los tres bailamos juntos. Las vueltas que dábamos y las lágrimas que me nublaban la vista hicieron que las flores silvestres de la pared se fueran convirtiendo poco a poco en una mancha borrosa. Apreté a los dos más estrechamente entre mis brazos mientras nos movíamos en una especie de ritmo que nos mantenía unidos, formando los tres una especie de reducto que dejaba fuera al resto del mundo, mientras bailábamos y llorábamos al mismo tiempo. Supe entonces lo que no me habían querido decir y ellos supieron que yo lo sabía: que Molly no volvería a casa otra vez, que Molly iba a morir.

Capítulo Nueve

Sueño una y otra vez con Molly. A veces son sueños breves y llenos de sol, en los que ella y yo corremos una junto a la otra por un campo lleno de solidagos. Ella es la antigua Molly, la Molly que conocí toda mi vida. La Molly de largos rizos rubios y de risa ligera. La Molly que corre con fuertes piernas bronceadas y pies descalzos. Ella corre más deprisa que yo, en mi sueño. Se vuelve a mí riéndose y yo la llamo: "¡Espera! ¡Espérame, Molly!"

Ella me alarga la mano y me llama, con el cabello flotándole alrededor, bañada en sol: "¡Vamos, Meg! ¡Puedes alcanzarme si lo intentas!"

Me despierto; la habitación está a oscuras y su cama, junto a la mía, está vacía. Me la imagino en alguna parte, en un hospital que nunca he visto, y me pregunto si estará soñando el mismo sueño.

A veces son sueños más sombríos sobre el mismo campo. En uno de esos sueños, en ese sueño más oscuro, soy yo la que corre más deprisa; he alcanzado algún nebuloso destino, una casa oscura y vacía, en la que me paro a esperarla, mirándola desde la ventana mientras corre. Pero las flores del campo han empezado a volverse marrones, como si el verano estuviese terminando demasiado pronto, y Molly va dando tropezones; es ella quien me llama a mí: "¡Meg, espera! ¡Espera! ¡No puedo, Meg!". Y no hay modo alguno de ayudarla.

Me despierto de este sueño también en una habitación oscura y vacía, de la que el sonido de su respiración en la cama de al lado ha desaparecido.

Tengo una pesadilla en la que nace un bebé, pero es viejo ya al nacer. El bebé nos mira a los que estamos allí, con ojos viejos y cansados, y nos damos cuenta con horror de que su vida está terminando en el momento mismo de su comienzo. "¿Por qué? ¿Por qué?", preguntamos, y el bebé no contesta. Molly está allí, y se enfada de que preguntemos; se encoge de hombros con frialdad y se da la vuelta alejándose de nosotros. Sólo ella conoce la respuesta, y no quiere compartirla con nosotros, aunque se lo roguemos.

Me despierto aterrada de que el sueño sea real.

Le he hablado a mi padre de mis sueños. Cuando yo era una niña pequeñita y tenía pesadillas, era siempre mi padre el que venía a mi habitación cuando lloraba. Solía encender la luz y cogerme entre sus brazos, me mostraba que los sueños no son verdad.

Ahora no puede. Estábamos sentados en los escalones delanteros al atardecer, y yo soplaba el polvillo grisáceo de los "dientes de león" moribundos haciéndolos flotar en la rosada brisa del atardecer. Los temores que me habían asaltado por la noche en mi habitación parecían estar lejos, pero papá dijo:

—Los sueños vienen de algo que es real, ¿sabes? A veces sirve de ayuda pensar qué pueden significar. Que Molly y tú vais a separaros aun cuando tú no quieras. Que tú quieres saber por qué, por qué la vida acaba a veces demasiado pronto, pero nadie puede dar respuesta a eso.

Estrujé el tallo de "diente de león" que tenía en la mano.

—No ayuda en nada el comprender por qué tengo pesadillas. ¿Cómo puede ayudar? Eso no puede hacer que Molly mejore. ¡No es justo! —dije tal como solía decirlo tan a menudo cuando era una niña pequeña.

—Desde luego que no es justo —dijo papá—. Pero ocurre. Ocurre y tenemos que aceptarlo.

—¡Y no fue justo que mamá y tú no me lo dijerais! —dije, buscando a alguien a quien echarle la culpa de algo—. Lo sabíais todo el rato, ¿no? ¡Lo sabíais desde el primer momento!

Él negó con la cabeza.

—Meg, los médicos nos dijeron que había una posibilidad de que se curara. Tienen esas medicinas que están probando. Siempre hay una posibilidad de que algo dé resultado. Mamá y yo no te lo podíamos decir de ninguna manera cuando todavía había una posibilidad.

—¿Entonces ya no hay una posibilidad?

Movió lentamente la cabeza en gesto negativo.

—Meg, nosotros podemos tener una esperanza. Y, de hecho, la tenemos. Pero los doctores dicen que ya no hay posibilidad. Las medicinas ya no están surtiendo ningún efecto en Molly.

—Pues bueno, yo no les creo.

Me pasó el brazo por la espalda y se quedó mirando al sol que se ponía.

Luego dijo, con el tono de voz que usaba siempre para las citas literarias:

—"Somos de esa materia de la que están hechos los sueños, y nuestra breve vida se remata con un sueño". Eso es Shakespeare, Meg.

Yo estaba furiosa.

—¿Y qué sabía él? Él no conocía a Molly. ¿Y por qué tiene que ser Molly? ¡Papá, yo soy la que siempre se mete en líos! Soy yo la que vomitó sobre mi tarta de cumpleaños, la que rompió la ventana de la guardería, la que robó caramelos de la tienda de ultramarinos. ¡Molly nunca hizo nada malo!

—Meg —dijo mi padre—, no Meg, no.

—Me importa un rábano —dije muy enfadada—. Alguien tiene que explicarme por qué.

—Es una enfermedad, Meg —dijo él con voz cansada—. Una horrible y maldita enfermedad. Y ocurre, simplemente. No hay ningún porqué.

—¿Cómo se llama?

Más te vale saber el nombre de tu enemigo antes de enfrentarte a él, me había dicho Will en una ocasión.

—Se llama "leucemia aguda mielógena".

—¿Podrías decirlo tres veces rápidamente? —le pregunté con amargura.

—Meg —dijo papá, rodeándome con sus brazos y estrechándome tan apretadamente que su voz sonó sofocada—, no puedo decirlo ni siquiera una vez. Me parte el corazón.

Mamá y papá van y vienen al hospital de Portland. A mí no me llevan. Soy demasiado joven, según las normas del hospital, para hacer visitas, pero creo que ésta no es la razón. Creo que es que no quieren que vea a Molly moribunda.

No discuto con ellos. En el pasado discutía siempre con ellos: para que me permitiesen ver una determinada película, para beber un vaso de vino con la cena, para sentarme en la parte de atrás de una de las clases de papá en la universidad a escuchar. "¡Tengo edad suficiente! ¡Tengo edad suficiente!", recuerdo que decía siempre. Ahora no discuto, porque ellos saben, y yo también sé, que sí que tengo suficiente edad; pero estoy asustada. Los sueños y el vacío que hay en casa son ya suficiente: enfrentarme a esas cosas requiere ya todo el valor que yo pueda tener. Me asusta ver a mi propia hermana, y agradezco que no me pidan que vaya.

Mi madre, cuando está en casa, sigue cosiendo en el edredón y habla del pasado. Cada cuadro de tela que coloca en su sitio le recuerda algo; recuerda a Molly cuando estaba aprendiendo a andar, con aquel buzo azul pálido que forma ahora parte del dibujo del edredón. De eso hablaba una tarde.

—Solía caerse de culo una y otra vez —dijo sonriendo—. Siempre se levantaba de un brinco riéndose. Papá y yo solíamos pensar a veces que se caía a propósito, porque le resultaba divertido. Molly siempre estaba buscando cosas con las que reírse cuando era un bebé.

—¿Y yo? ¿Te acuerdas de mí cuando estaba aprendiendo a andar?

—Naturalmente que sí —dijo mamá. Dio la vuelta al edredón hasta que encontró la pieza que estaba buscando, un trozo de tela con flores azules y verdes—. Esto era un vestidito. Era verano y tú aún no tenías un año. ¡Qué impaciente estabas por hacer las cosas que Molly podía ya hacer! Recuerdo cómo te observaba yo en el jardín de atrás aquel verano. Estabas seria y solemne, poniéndote de pie e intentando cruzar el césped sin ayuda. Solías caerte, y ni siquiera te parabas a llorar ni a reírte. Se te arrugaba la frente del esfuerzo que hacías por concentrarte en cómo conseguirlo y lo volvías a intentar.

—Soy como papá.

Ella se sonrió.

—Sí, Meg, lo eres.

—Y Molly se parece más a ti. Siempre pensé que era más fácil ser así —Mamá suspiró y se quedó un momento pensándolo.

—Bueno —dijo—, es más fácil, para las cosas pequeñas, el ser capaz de reírse de ellas. Hace que la vida parezca bastante sencilla y muy divertida.

"Pero, sabes, Meg —prosiguió mamá, alisando el edredón con los dedos—, cuando llegan las cosas importantes y difíciles, las personas como Molly y yo no estamos preparadas para ellas. Estamos demasiado acostumbradas a reírnos. Cuando se presenta el momento es más duro para nosotras no poder reírnos.

Me di cuenta de que era la primera vez que veía a mi madre incapaz de descartar las cosas con un encogimiento de hombros, una sonrisa rápida y una solución fácil. Y supe que, con ser muy duro para mí, con mi impotencia, mi rabia y las pesadillas que como perros de presa sin rostro se presentaban en mi sueño y me llenaban de terror, era aún peor para mamá.

—Papá y yo estamos aquí, mamá —dije con aire inseguro—, si es que eso sirve de ayuda.

—Oh, Meg —dijo ella, y me apretó con fuerza entre sus brazos—. No sé lo que haría sin ti y sin papá.

CAPÍTULO DIEZ

Eran las cinco de la mañana cuando Ben llamó el tres de agosto. Mamá estaba en Portland, residiendo en casa de unos amigos que viven cerca del hospital donde estaba Molly; papá y ella se turnaban en quedarse allí. Fue papá quien me levantó cuando llamó Ben.

Me puse apresuradamente los vaqueros, un jersey y unas zapatillas, cogí la cámara a toda prisa y eché a correr campo a través. Iba a ser un hermoso día. El sol estaba asomando, muy rojo, de tal modo que hasta los amarillos solidagos parecían rosados. El bebé había obedecido las instrucciones de Ben y había elegido llegar a plena luz del día. Iba a ser... bueno, un semiobediente bebé; ya no iba a esperar más a que Molly volviese a casa. Tal vez entendiese la realidad de las cosas mejor que el resto de nosotros.

Cuando llamé a la puerta, Ben me gritó para que entrase.

—¡Yo no puedo abrir! —exclamó—. ¡Estoy estéril!

"Quiero decir que estoy esterilizado. O algo así —me explicó cuando entré y me salió al encuentro en el salón.

Llevaba puesta del revés una larga camisa blanca arrugada y mantenía las manos en alto cuidadosamente con el fin de no tocar nada.

"Según parece, hemos calculado mal el tiempo —dijo, como disculpándose—. O el libro estaba equivocado. Todo está ocurriendo más deprisa de como se suponía que iba a ocurrir. ¿Recuerdas lo que ponía en el libro, Meg, sobre la primera etapa del parto, que decía que dura mucho tiempo? ¡Y me imaginaba que sería entonces cuando estaríamos todos pendientes, planeando lo que hacer a continuación.

"No sé lo que ha ocurrido. María se despertó hace como una hora y dijo que se sentía rara. Y ahora, no sé, me siento como si nos hubiésemos saltado un semáforo y tuviéramos que volver atrás y hacerlo otra vez como es debido.

"¡Lo que quiero decir es que creo que va a nacer inmediatamente! Y me he olvidado de todo lo que el libro decía. Estoy aquí dando vueltas con las manos esterilizadas al aire, temeroso de volver las páginas del libro, para ver lo que decía sobre la segunda fase. María está bien, pero ¡qué estúpido me siento, Meg! —y se quedó parado, con aire desvalido.

Comprendía lo que pasaba por él, porque de repente yo me sentí aterrada y olvidé cómo funcionaba la cámara.

—¿Es Meg? —preguntó María en voz alta. El sonido de su voz daba una sensación asombrosa de salud para alguien que estaba a punto de tener un bebé en cualquier momento. Ben regresó a la habitación en la que estaba ella y me hizo gestos de que le siguiera.

María estaba en la cama, con la cabeza un poco levantada sobre una almohada. No me molestó en absoluto que estuviera desnuda. Habíamos hablado lo suficiente los tres sobre esas cosas.

Lo que me preocupaba un poco era que estuviese tan animada. Pensé que algo debía de ir mal; se suponía que el tener un bebé no era ninguna cosa fácil. Pero María parecía feliz y llena de energía. Éramos sólo Ben y yo quienes estábamos pálidos y asustados.

Levanté la cámara y fotografié a María sonriendo. En el momento en que tuve la cámara en mis manos, empecé a sentirme a gusto. La luz era buena; hice las operaciones adecuadas hasta que un clic me indicó que el enfoque estaba perfecto; todo iba bien. Ben tenía un estetoscopio y escuchaba el sonido del bebé aplicándolo al vientre de María. Pude ver que él experimentaba la misma sensación que yo; cuando cogió aquel sencillo instrumento, sintió otra vez que tenía las cosas bajo control. Era el no saber qué hacer lo que nos asustaba a ambos.

—¡Escucha! —dijo Ben, y me acercó el estetoscopio.

Dejé la cámara. Escuché donde él me decía y pude distinguir el rápido y fuerte latido del corazón del bebé. Estaba lleno de energía y de vida. Sonreí, al oírlo, y respondí con un gesto afirmativo a la pregunta que me hacían los ojos de María.

Luego, conmigo mirándola, cerró los ojos y empezó a respirar rápidamente. La fotografié otra vez y volví la cámara hacia Ben. Él estaba inclinado sobre la cama, mirando con toda atención mientras esperaba y miraba, sin tocarla; ella dobló las rodillas y arqueó la espalda ligeramente. En la habitación no había otro ruido que el de su respiración, y vi que el esfuerzo que hacía recorría todo su cuerpo.

—Mira —me susurró Ben.

Yo me puse a los pies de la cama, y pude ver, al tiempo que el conducto se ensanchaba tirante, y casi temblando por la acción de los músculos de la madre en pleno esfuerzo, la coronilla de la cabeza del bebé. Distinguí su pelo negro.

Luego desapareció, retirándose como si fuese un puño con un guante que retrocediese hasta meterse en la manga.

María se relajó, abrió los ojos, y suspiró. Ben se le acercó y le habló al oído con voz suave.

—Todo va muy bien —dijo con dulzura—. Veo la cabeza. Será pronto, muy pronto. Dirigió una sonrisa a María, y yo fotografié sus cabezas juntas, y me di cuenta de que se habían olvidado por completo de mi presencia.

María cerró otra vez los ojos y respiró profundamente.

Ben pasó otra vez rápidamente a los pies de la cama; yo permanecí algo apartada, mirando. Luego recordé la cámara, me aparté más de la cama, y fotografié su cuerpo entero, tumbada allí, reuniendo todas sus fuerzas, con la barbilla levantada, la boca abierta y respirando fuerte, esperando. De repente exhaló un gemido y levantó todo el cuerpo de la cama.

—Tranquila, tranquila —murmuraba Ben.

Se inclinó hacia adelante y tocó con cuidado la cabeza del bebé, guiándola mientras se apartaba del cuerpo de ella.

Yo me acerqué más y fotografié sus fuertes manos que sujetaban la diminuta cabeza del bebé como si fuese una cáscara de huevo. La cabeza estaba orientada hacia mí, plana y sin movimiento, con rasgos que eran nada más que líneas como las de un dibujo esbozado a toda prisa; la línea recta de una boca sin ningún movimiento, las dos ranuras que señalaban unos ojos hinchados y completamente cerrados, y la diminuta y aplastada curva que señalaba la nariz. María se relajó otra vez. Ben permaneció muy quieto, con las manos sujetando aún suavemente la cabeza, y la pequeña y chata cara estaba tan inmóvil como la cara pintada de un muñeco de plástico.

—Una vez más —le dijo a María.

Yo no creo que ella le oyera en absoluto; todo su ser estaba tenso, y jadeó mientras el rostro del pequeño cuerpo se deslizaba hacia Ben. Y el único sonido fue aún el de María respirando. Yo estaba tirando fotos, pero ni siquiera oía el clic del disparador, sólo los largos, apagados y agotados jadeos.

Y luego el llanto del niño. Ben lo sujetaba con las dos manos, frotándolo entre ellas. Frotó su estrecha y grisácea espalda. Por fin las piernas y brazos increíblemente pequeños se movieron un poco, como si fuese alguien durmiendo a quien se despertase de su sueño, y gimió brevemente.

María sonrió al oír el sonido y levantó la cabeza para mirar. Ben le sonrió con una mueca y dijo:

—Es un niño. Te dije que sería niño.

Puso al niño boca abajo, esperó un momento y luego ató el cordón umbilical por dos sitios e hizo un cuidadoso corte entre ellos. El bebé estaba ahora libre de María, pero se agitaba contra ella como si quisiera permanecer unido.

Su cara, en aquellos pocos momentos, había cambiado de gris azulado a rosa y, como si fuese una esponja que se empapase en agua, había pasado de ser algo plano y sin relieve a adquirir una forma. La menuda nariz se había alzado hasta formar una suave y perfecta curva; la delgada línea de la boca se había convertido en algo que se movía y que buscaba, y de entre los labios salía una lengua que probaba el aire; los ojos se abrían y cerraban, guiñando y bizqueando; en la frente se dibujaron arrugas cuando la cabeza se volvió hacia la piel de María. Ella alargó la mano, la tocó gentilmente y se sonrió. Luego cerró los ojos y descansó de nuevo.

—Oye, Meg —dijo Ben alcanzándome una suave toalla blanca que había cogido de una pila de cosas que tenía en una mesa junto a él—, ten al bebé unos pocos minutos, ¿quieres? mientras yo termino aquí.

Dejé la cámara en el suelo, en un rincón, envolví al bebé en la toalla y lo levanté apartándolo de María. ¡Qué menudo y qué ligero era! Retiré la toalla de la carita y lo bajé un poquito sosteniéndolo para que María pudiese verlo. Ella me sonrió, murmuró: "Gracias", y yo llevé al bebé al salón.

Lo sostuve por un momento en el umbral de la puerta delantera de la casa, que estaba abierta. El sol parecía ya de oro y el rocío se estaba ya evaporando de las altas hierbas y flores del campo. Los pájaros estaban despiertos.

—Escucha —le susurré al bebé—, los pájaros están cantándote —Pero él estaba dormido, con los tibios deditos relajados contra mi pecho.

Me senté en la mecedora y me balanceé lentamente atrás y adelante, intentando compensarle, con el suave y sostenido ritmo de la butaca, de la abrupta y angustiosa travesía que acababa de realizar. Pensé en aquella abrumadora fuerza en que se había debatido todo el ser de María al nacer él, y el modo desorientado y casi doloroso en que había avanzado cuando se abría paso a tientas hacia la vida, fuera del cuerpo de ella. Yo estaba más conmovida de lo que había previsto por lo tremendo de aquel tránsito.

Cogí con una mano una punta de la toalla y se la pasé por la cara, que todavía estaba manchada del parto. Al tocarle la toalla, dio un respingo sorprendido y abrió los dos ojos; agitó los dedos. Luego se quedó otra vez dormido, respirando suavemente. Se le movieron brevemente las esquinas de la boca en lo que pareció una momentánea sonrisa, e hizo un pequeño ruidito con los labios al dormir.

—Ben —llamé suavemente.

—Sí, aquí estoy. ¿Va todo bien? Casi he terminado.

—Todo va estupendo. Dice que te diga que es feliz.

Ben salió de la habitación en que estaba María secándose las manos con una toalla. Se inclinó hacia mí, echó una mirada al bebé e hizo una mueca.

—¿Así que dice que es feliz, eh? Ya te dije que nos diría su nombre.

Le di el bebé a Ben, entré al dormitorio a coger mi cámara y di un beso a María en la mejilla. Estaba tapada con una manta y dormía. Les dejé allí a los tres y volví a casa, donde mi padre me estaba esperando.

Y claro que le llamaron Feliz. Feliz William Abott-Brady. Cuando Will Banks, se enteró, le chocó un poco al principio.

—¿Feliz William? —preguntó sorprendido—. ¿Qué clase de nombre es ése?

Luego se quedó pensativo un momento.

—Bueno, hay una flor que se llama Dulce William. *Dianthus barbatus,* a decir verdad. Así que supongo que no hay ninguna razón por la que a un chico no se le pueda llamar Feliz William. Siempre que haga honor al nombre, claro.

De repente sentí el deseo de ser yo quien se lo dijera a Molly.

Hasta entonces había tenido miedo de ver a Molly, pero ahora ya no lo tenía. No podía explicarlo. Lo único que había ocurrido era que había visto a María dar a luz a Feliz y, por alguna razón, eso cambiaba las cosas.

Papá me llevó en coche a Portland y por el camino trató de decirme cómo serían las cosas en el hospital.

—Tienes que decirte a ti misma una y otra vez —dijo— que se trata todavía de Molly. Eso es para mí lo mas difícil. Cada vez que entro a su habitación, me coge por sorpresa el ver todos aquellos aparatos. Da la impresión de que te separan de ella. Hay que olvidarse un poco de ellos y ver que quien está allí sigue siendo Molly. ¿Comprendes?

Yo negué con la cabeza.

—No —dije.

Papá suspiró.

—Bueno, tampoco estoy seguro de comprenderlo yo. Pero, Meg, escucha, cuando piensas en Molly, ¿cómo piensas en ella?

Me quedé callada un momento, pensando.

—Supongo que pienso sobre todo en cómo solía reírse. Y luego me acuerdo de cómo solía salir corriendo al campo, incluso después de ponerse enferma, en las mañanas de sol, a buscar nuevas flores. Yo solía mirarla, a veces, desde la ventana.

—Eso es lo que quiero decir. Así es también como yo pienso. Pero cuando llegues al hospital verás que todo es distinto para Molly ahora. Es algo que te causará una sensación extraña, porque estás fuera de la situación, no formas parte de ella.

"La encontrarás muy adormilada. Eso es debido a los medicamentos que le están dando, para que se sienta lo más a gusto posible. Y no te podrá hablar, porque tiene un tubo en la garganta para ayudarle a respirar.

"Al principio, te parecerá una extraña. Y eso te dará miedo. Pero puede oírte, Meg. Háblale. Y entonces verás que bajo todos aquellos trastos, los tubos, las agujas y las medicinas, nuestra Molly aún está allí. Tienes que recordarlo. Esto te lo hará más fácil.

"Y, escucha Meg —añadió. Iba conduciendo con mucho cuidado siguiendo la línea blanca del centro de la sinuosa carretera.

—¿Qué?

—Una cosa más. Recuerda, también, que Molly no tiene dolores y que no está asustada. Somos sólo tú y yo y mamá ahora quienes sufrimos y estamos asustados.

"Esto es algo difícil de explicar, Meg, pero Molly está apañándoselas muy bien por sí misma en esta situación. Nos necesita, necesita nuestro cariño, pero no nos necesita para nada más ahora.

Hizo un esfuerzo por tragar saliva y añadió:

—Morir es algo muy solitario. Lo único que podemos hacer nosotros es estar allí cuando ella quiera que estemos.

Yo había cogido de casa el pequeño florero con las bardagueras. Las toqué, abstraída, y alargué la mano estrechando la de papá durante un rato.

Mamá salió a nuestro encuentro en el hospital; los tres comimos juntos en la cafetería del primer piso. Hablamos sobre todo de Feliz.

—Yo fui la primera en cogerlo, mamá —le dije—. Creo que me sonrió.

Mamá asintió con expresión de estar recordando algo.

Empezó a hablar, se paró y se quedó callada un momento. Y luego dijo lo que estaba pensando.

—Recuerdo cuando nació Molly. Es algo muy especial.

Me dijo que Molly estaba despierta, que sabía que yo iba y que quería verme. Luego me llevaron al piso de arriba.

Qué pequeña parecía. Por primera vez en mi vida me sentí más vieja y mayor que Molly.

Pero no más hermosa. Nunca me sentiría más hermosa que Molly.

Había perdido completamente el pelo. Todos aquellos largos rizos rubios ya no formaban parte de Molly, la transparente piel de su rostro y su cabeza parecían la fina porcelana de una muñeca antigua contra la blanca almohada de aquella cama de hospital. Por encima de la cabeza, de una especie de percha metálica colgaban botellas de cristal y bolsas de plástico con etiquetas; por los tubos que iban desde esos cacharros a las venas del brazo izquierdo de Molly, vi cómo caían lentamente los líquidos, gota a gota, como lágrimas. El tubo que penetraba en la garganta estaba firmemente sujeto con esparadrapo pegado a la piel. Traté mentalmente de separar a Molly de todas aquellas cosas. Aunque la pena y el dolor me oprimían por dentro como un puño que me atenazase, vi las pestañas de sus ojos cerrados dibujadas en perfectas líneas curvas sobre la mejilla. Los rayos del sol entraban por la ventana y yo seguí con la mirada los fugaces dibujos que formaban sobre la cama, temblorosos y cambiantes por el balanceo de las hojas de los árboles de afuera, por entre las que se filtraba la luz del sol.

—Molly —dije.

Ella abrió los ojos, me vio allí y sonrió. Esperaba que le hablase.

—Molly, ha nacido el bebé.

Se sonrió de nuevo, muy adormilada.

—Es niño. Nació en la cama de latón, como ellos querían. Vino muy rápidamente. Ben estaba preparado para esperar horas, pero María no paraba de reírse y decir: "¡No, Ben, va a venir ya!" Y así ocurrió. Ben lo levantó y lo puso sobre el vientre de María, y él se acurrucó y se durmió.

Ella me miraba, escuchando. Por un momento pareció como si estuviéramos en casa otra vez, en nuestras camas, hablando en la oscuridad.

—Luego Ben me lo dio a mí, y yo lo llevé hasta la entrada y le enseñé cómo estaba saliendo el sol. Le dije que los pájaros le estaban cantando a él.

"Will llegó más tarde y les trajo un ramo de flores silvestres. Yo no sé los nombres... Tú sí que los sabrías, en cambio. Todas amarillas y blancas.

"Todos ellos, Ben, María y Will, me han encargado decirte que te quieren.

Alargó una mano para coger la mía y me la estrechó.

Su mano no tenía ni siquiera la fuerza de la del bebé.

—Ben y María me han dicho si les querría hacer otra copia de la foto en la que estás con el capullo de perejil silvestre en la mano. Quieren colgarla en la pared del salón.

Pero Molly ya no escuchaba. Había vuelto la cabeza hacia un lado y había cerrado los ojos. Su mano se resbaló poco a poco de la mía y se quedó de nuevo dormida. Puse el pequeño jarroncito de bardagueras en la mesilla que había junto a la cama, donde pudiera verlo cuando se despertase. Luego la dejé allí sola.

Camino de casa, le dije a mi padre.

—Will Banks me dijo en una ocasión un verso de un poema. Dijo: "Es por ti, Margaret por quien muestras tu pena", y yo le dije que yo nunca sentía pena de mí misma. Pero creo que él tenía razón. Gran parte de mi tristeza es porque echo de menos a Molly. Incluso echo de menos mis peleas con ella.

Mi padre me atrajo hacia él en el asiento del coche y me pasó el brazo por los hombros.

—Te has portado magníficamente en todo esto, Meg —dijo—. Siento no habértelo dicho antes. Yo también he estado muy ocupado sintiendo pena por mí mismo.

Y luego fuimos cantando todo el camino que quedaba hasta casa. Cantamos "Michael, rema y lleva tu bote a la orilla", la mayor parte desafinando, y nos inventamos versos para casi todo el mundo. Cantamos "el bote de papá es un bote-libro", "el bote de mamá es un bote-edredón", "el bote de Meg es un bote-

cámara", todo lo cual nos pareció a los dos mucho más divertido de lo que realmente era.

Por último, cantamos "el bote de Molly es un bote-flor" y
para cuando terminamos ese verso estábamos girando y entrando en el sendero que llevaba a casa.

Y dos semanas más tarde se nos fue. Cerró simplemente los
ojos una tarde y ya no los volvió a abrir más. Mamá y papá tra-
jeron a casa las bardagueras para que yo las conservase.

Capítulo Once

El tiempo sigue, la vida continúa, y uno tiene que vivirla. Al cabo de un tiempo recuerda una las cosas buenas más a menudo que las malas. Luego, gradualmente, las partes vacías y silenciosas de una se llenan con sonidos de palabras y de risas otra vez, y el cortante filo de la tristeza se va suavizando por los recuerdos.

Nada volverá nunca a ser lo mismo, sin Molly. Pero hay todo un mundo aún, esperando, y en él hay cosas buenas.

Era septiembre, y había llegado el momento de abandonar la casita que nos había empezado a parecer un hogar.

Llamaron a la puerta de delante y contesté yo, y luego subí al estudio. Papá estaba sentado en su escritorio, mirando con expresión sombría las pilas de folios de papel sujetos con clips que había puesto en el suelo siguiendo un cierto orden.

—Papá, Clarice Callaway está en la puerta con un hombre. Dice que le disgusta mucho tener que molestarte en un momento tan malo, pero…

—Pero que va a hacerlo de todas maneras, ¿no es eso? —mi padre suspiró y se levantó.

Oí cómo Clarice, en la puerta delantera, le presentaba al hombre que estaba allí con un maletín en la mano y con aspecto de impaciencia y aburrimiento. Papá les hizo pasar, pidió a mamá que hiciera café y se sentaron los tres en el salón.

Yo volví al cuarto oscuro donde estaba intentando empaquetar mis cosas. Iba a tener un cuarto oscuro en la ciudad; papá había contratado ya a un par de estudiantes suyos para que construyesen las estanterías e hiciesen la instalación de fontanería y de electricidad en lo que había sido una habitación de servicio, muchos años atrás, en el tercer piso de aquella casa. Iba a ser, de hecho, un cuarto oscuro más grande y mejor equipado que el que había tenido todo el verano, así que no era eso lo que me hacía sentirme deprimida. Y Will Banks casi había terminado el cuarto oscuro que se estaba haciendo en lo que había sido un trastero de su casita. Así que mi marcha no iba a significar el final del interés y el entusiasmo de Will, ni el de su habilidad, y no podía ser eso lo que me tenía triste mientras empaquetaba mis negativos, mis reactivos y mis utensilios. Me imagino que la razón de mi tristeza era que ya no íbamos a estar haciéndolo juntos más, Will y yo.

Resulta muy difícil tener que renunciar a la compañía de alguien.

Cerré bien las cajas de embalar con cinta adhesiva, escribí en ellas "Cuarto oscuro" y las llevé a un rincón de la cocina. Allí había ya otras cajas: mamá llevaba empaquetando varios días. Había cajas en las que ponía "Vajilla", "Utensilios de cocina" y "Paños de cocina". Llevábamos viviendo toda la semana como si estuviéramos de acampada, comiendo en platos de papel, terminando los restos que quedaban en la nevera y preparando comidas con las últimas pocas cosas que quedaban en el huertecito de mamá.

Había una caja en la que ponía "Edredón". Dos noches antes, mi madre había cortado un hilo, había mirado el edredón sorprendida y había dicho:

—Creo que está terminado. ¿Cómo puede estar terminado? —Le dio mil vueltas buscando alguna esquina o alguna zona que se le hubiese olvidado, pero lo había cubierto, hasta el último centímetro, de limpias y apretadas filas de minúsculas puntadas. Se puso de pie y lo extendió sobre la gran mesa de la cocina. Allí estaban, todos aquellos ordenados y geométricos dibujos de nuestro pasado, de Molly y mío. Todos aquellos brillantes cuadrados de color: en el centro, los rosas y amarillos pálidos de nuestros vestidos de bebé; un poco más hacia fuera, en filas cuidadosamente dispuestas, los estampados de florecitas y las telas de cuadros vivos de los años en que éramos niñas pequeñas; y en los bordes, las sargas y panas, más apagados, de los años en que nos íbamos haciendo mayores.

—Sí que está acabado —dijo lentamente—. Está hecho del todo —Luego lo dobló y lo metió en la caja.

La oí cómo servía café en el salón. Estaba teniendo lugar una discusión. Oía las voces rápidas y enfadadas de los visitantes, y de repente oí la suave voz de mi madre que decía: "Eso no es justo", del mismo modo que yo solía decírselo a Molly.

Se hizo un silencio en el salón durante un momento después de decir mamá eso. Luego oí que mi padre decía: "No tiene sentido que sigamos discutiendo aquí. Vamos a ver a Will. Debería usted haber ido a verle en primer lugar, señor Huntington".

Papá entró en la cocina a usar el teléfono.

—Oiga, Will —dijo—. Está aquí su sobrino. ¿Podemos acercarnos?

Papá se sonrió al escuchar la respuesta. Podía imaginarme lo que estaba diciendo Will; nunca le había oído decir nada bueno del hijo de su hermana.

—Will —dijo papá en el teléfono—, usted lo sabe, y yo lo sé. No obstante, tenemos que ser civilizados. Ahora cálmese. Estaremos ahí en unos pocos minutos.

Tras colgar, dijo:

—Meg, ve corriendo a casa de Ben y María, haz el favor. Diles que tú te quedas con Feliz y que vengan a reunirse con nosotros en casa de Will para hablar con su sobrino de Boston.

Cuando volvimos al salón, oí que Clarice Callaway decía:

—No he terminado mi café.

Y oí cómo mi padre respondía:

—Clarice, siento molestarla pero…

Y percibí por el tono de su voz la satisfacción que le producía decir eso.

Me encantaba cuidar a Feliz. Ésa era otra de las cosas por las que me fastidiaba enormemente tener que regresar a la ciudad, que no tendría oportunidad de verle crecer y aprender cosas. Ya sostenía la cabeza derecha y echaba miradas a su alrededor. El aspecto de recién nacido era ya algo del pasado; al cabo de sólo un mes, ahora era ya una personita, con grandes ojos azules, una voz fuerte y una personalidad definida. María decía que era como Ben, con un condenado sentido del humor y sin ningún respeto por las buenas maneras convencionales. Ben decía que era como María: ilógico, tajante y presumido. María le dio a Ben con un paño de cocina cuando éste dijo eso, y Ben me hizo una mueca y dijo:

—Ya ves lo que quiero decir, ¿no?

Para mí su hijo era simplemente Feliz, no alguien parecido a otra persona, sino él mismo.

Cuando Ben y María volvieron de casa de Will, les pregunté qué estaba pasando. María giró los ojos en las órbitas y dijo:

—Yo que sé; una locura, eso es lo que está pasando.

Ben se estaba desternillando de risa.

—Meg, tengo que enseñarte una cosa.

Fue al aparador y sacó la caja donde estaba el álbum con las fotos de la boda.

—Yo ya las he visto, Ben. Sé que estáis casados. No es posible que Clarice esté todavía preocupándose por eso.

—No, no, mira, boba —dijo Ben.

Pasó las pesadas páginas llenas de fotos en color hasta que encontró la que buscaba. Era un grupo muy numeroso de invitados a la boda, gente de mediana edad, que estaban bebiendo champán. En el centro de aquella multitud, con un aspecto absolutamente respetable y al mismo tiempo un poco atontadito por el champán, estaba el sobrino de Will Banks.

—¡Es Martin Huntington! —exclamó Ben, que estaba prácticamente tronchándose de risa—. No podía dar crédito a mis ojos. Entré en casa de Will, y allí estaba este majadero vestido con un traje de abogado, con una cartera de ejecutivo en la mano, y me miró cuando entré vestido con mis vaqueros y con mi barba, como si no quisiera acercarse más por miedo de contagiarse de alguna enfermedad. Y cuando yo caí en la cuenta de quién era, le alargué la mano –deberías haber estado allí, Meg– y dije: "Señor Huntington, ¿no se acuerda usted de mí? Soy Ben Brady".

—¿De qué le conoces? —pregunté.

—Lleva años empleado en el bufete de abogados de mi padre —dijo Ben riéndose—. Oh, deberías haberle visto, Meg. Se quedó allí parado en el salón de Will con la boca abierta, y luego dijo con esa manera pomposa de hablar que tiene: "Bueno, Benjamin. Yo... ah, naturalmente no tenía ni idea de que... ah, era usted el que vivía en la casa de mi familia. Ah... naturalmente, esto añade... ah, añade un cierto elemento de... ah, un cierto elemento de peculiaridad a este procedimiento.

"¡Procedimiento! ¿Te imaginas, llamar a una discusión en el salón de Will Banks "procedimiento"? Eso es muy típico de Martin Huntington. ¡Me muero de impaciencia por contárselo a mi padre!

—¿Pero qué va a ocurrir?

Ben se encogió de hombros.

—No sé. Pero voy a llamar a mi padre. Yo sé lo que me gustaría que ocurriera. Me gustaría comprarle esta casa a Will, si papá me presta el dinero para la entrada. Me gustaría que Feliz creciera aquí. ¿Qué te parece eso, Fel? Eh, María, ¿ese crío nunca para de comer?

María estaba dando el pecho a Feliz. Le hizo una mueca a Ben.

—Va a seguir los pasos de su viejo —dijo.

Cuando volví a casa, mis padres estaban en el salón tomándose el café recalentado. La alfombra estaba enrollada y los visillos habían desaparecido de las ventanas. Poco a poco la casa se iba vaciando de todo lo que había sido nuestro.

—Ben quiere comprar la casa —les dije—. Les gustaría vivir siempre aquí.

Suspiré, me sacudí los zapatos y me limpié con la mano los trozos de hojas muertas que se me habían pegado a los calcetines y a los vaqueros. Todo en el campo parecía estar muriendo.

—¡Caramba, eso es estupendo! —dijo mi padre—. ¿Por qué tienes un aire tan deprimido?

—No estoy segura —respondí—. Supongo que es porque nos marchamos. El verano próximo todo será otra vez lo mismo para ellos, pero ¿y nosotros?

Mamá y papá se quedaron en silencio un momento. Por último dijo papá:

—Escucha, Meg. Esta casa todavía estará aquí el verano próximo. Podríamos alquilarla otra vez. Pero mamá y yo hemos hablado de ello, y realmente no estamos seguros.

—Tenemos aquí tantos recuerdos tristes, Meg… —dijo mi madre en voz baja.

—Pero el próximo verano, sin embargo —aventuré—, tal vez será más fácil. Tal vez nos gustase recordar a Molly en esta casa.

Mamá se sonrió.

—Tal vez. Esperemos y ya veremos.

Nos levantamos los tres; mamá fue hacia la cocina, para terminar de empaquetar las cosas de allí. Papá empezó a subir las escaleras hacia su estudio.

—¿Sabes? —dijo, parándose a medio camino en la escalera—. En cierto punto del libro escribí que el uso de las coincidencias es un recurso literario inmaduro. Pero cuando Ben entró en el salón de Will hoy y dijo: "Señor Huntington ¿no se acuerda usted de mí?", bueno…

Se quedó parado un momento, pensativo. Luego empezó a hablarse a sí mismo.

—Y si arreglo el capítulo noveno —dijo entre dientes— para hacer que corresponda con… —Subió lentamente el resto de los escalones, hablando solo. En lo alto de las escaleras, se paró, echó una ojeada a los montones de folios del estudio, luego se volvió y nos llamó con aire triunfal:

—¡Lydia! ¡Meg! ¡El libro está acabado! ¡Sólo le falta reordenarlo! ¡No me había dado cuenta hasta ahora!

Así que empaquetó el manuscrito también, y en grandes letras mayúsculas papá escribió en la caja: "LIBRO".

Al día siguiente llegó el camión de mudanzas. Will Banks, Ben y María, con Feliz en brazos, nos despidieron en el sendero de la casita diciéndonos adiós con la mano.

Estábamos a finales de septiembre cuando un día mi padre, a la vuelta de sus clases a casa, me dijo:

—Meg, péinate. Quiero que vengas conmigo a un sitio.

Por lo general no se da cuenta ni le importa si tengo el cabello peinado o no, así que supe que era a algún sitio especial. Hasta me lavé la cara y me puse mis zapatos de la escuela en lugar de las zapatillas que llevaba. Cogí una chaqueta; estaba empezando a hacer frío, era esa clase de aire de septiembre que huele a calabazas, a manzanas y a hojas muertas, y entré en el coche. Papá me llevó al museo de la universidad, el gran edificio de piedra con estatuas de bronce en la fachada.

—Papá —susurré mientras subíamos los amplios peldaños—, he visto mil veces la colección del Renacimiento. Si me vas a hacer seguir otra vez ese recorrido guiado, me…

—Meg —dijo—, ¿quieres hacer el favor de estar callada?

La señora que estaba en el mostrador de la entrada conocía a papá.

—Doctor Chalmers —dijo—, sentí mucho enterarme de lo de su hija.

—Gracias —dijo mi padre—. Ésta es mi otra hija, Meg. Meg, ésta es la señorita Amato.

Le estreché la mano, y ella me miró con curiosidad.

—Oh —dijo como si estuviera sorprendida. ¿Acaso no sabía que papá tenía otra hija?—. Oh —dijo otra vez—, la exposición de fotografía está en el ala izquierda, doctor Chalmers.

Yo ni siquiera había oído hablar de que hubiese una exposición de fotografía. No era de extrañar, porque había estado ocupadísima, organizando el nuevo cuarto oscuro y preparándome para empezar las clases. Me acometió una sensación de aprensión mientras papá y yo nos dirigíamos hacia el ala izquierda.

—Papá —dije—, ¿no habrás mandado ninguna de mis fotos a una exposición, verdad?

—No —dijo, moviendo la cabeza—. Nunca lo haría sin pedirte permiso, Meg. Algún día lo harás tú misma.

Las grandes paredes blancas de la sala estaban llenas de fotografías enmarcadas. El rótulo de la entrada ponía en caracteres góticos cuidadosamente dibujados: *Caras de Nueva Inglaterra.* Cuando empezamos a recorrer la sala, reconocí el nombre de los fotógrafos, nombres famosos, nombres que había visto en las revistas y libros de fotografía que había sacado de la biblioteca. Todas las fotografías eran de gente: los rostros viejos y flacos de granjeros que vivían en los perdidos caminos del interior, los rostros gastados y llenos de arrugas de sus esposas; los rostros vivaces y pecosos de los niños.

Y, de repente, allí estaba mi cara. Era una fotografía grande, montada sobre un fondo blanco y con un estrecho marco negro, y no se trataba de una extraña que diese la casualidad de parecerse a mí; era mi cara. Estaba tomada en ángulo; el viento me levantaba el cabello y yo tenía dirigida la mirada a lo lejos, mucho más allá de los bordes meticulosamente recortados de la foto o los rígidos confines de su marco. El perfil de mi cuello y barbilla y de la mejilla medio vuelta se recortaba vivamente, contra las sutiles y borrosas siluetas de los pinos que había al fondo.

Supe entonces, aunque no lo supiera en su momento, que la había sacado Will. La había hecho en el cementerio del pueblo el día en que enterramos allí a Molly y cubrimos su tumba con solidagos. La línea que definía mi cara, la línea que separaba los oscuros árboles de la luz que se curvaba en mi frente y en mi mejilla, era la misma línea que con su forma había identificado en otro tiempo a Molly. La manera como yo sostenía los hombros era el mismo modo en que ella sostenía los suyos. Era una cosa pasajera, bien lo sabía, pero cuando Will levantó la cámara y abrió el obturador durante cinco centésimas de segundo, lo captó e hizo permanente lo que en mí pudiera haber de Molly.

Me sentí agradecida y contenta.

Me acerqué más para leer lo que ponía al pie de la foto. El título era "Genciana áurea"; en el otro lado estaba su firma: William Banks.

—Papá —dije—, tengo que volver. Tengo que ver a Will. Se lo prometí.

Mi padre me llevó ese fin de semana. Recordé, cuando íbamos en el coche, qué camino más largo me había parecido el verano anterior cuando fuimos por primera vez a la casa del campo. Ahora la distancia parecía corta. Tal vez sea que cuando un lugar se nos ha hecho familiar eso hace que nos parezca que está más cerca; o quizá ello sea sólo parte del proceso de irse haciendo mayor.

Allí estaba Will, con la cabeza dentro del capó de su camioneta. Se enderezó cuando entramos con el coche, se limpió las manos en un trapo y dijo con cara burlona:

—Las bujías.

—Will, he venido para que pueda usted enseñarme la genciana áurea. Siento mucho haberme olvidado.

—No te olvidaste, Meg —me dijo—. No era la época hasta ahora.

Mi padre esperó en casa de Will mientras nosotros cruzábamos los campos. Casi todas las flores habían desaparecido. La casa de Will estaba cerrada y vacía, aunque las cortinas que había hecho María todavía colgaban en las ventanas. Se habían ido para que Ben pudiera completar el último curso de su licenciatura en Harvard.

—Volverán —dijo Will, cuando me vio mirar a la casa, con su pintura todavía reciente y su jardín aún ordenado y limpio, aunque ya no había en él hortalizas—. Ahora la casa es suya. Tal vez el próximo verano puedas ayudar a Feliz a aprender a andar.

Tal vez. Tal vez habría otro verano lleno de flores y de la risa de un niño cuya vida acababa apenas de empezar.

Will fue derecho a un sitio, en el lado del bosque en el que el abeto crecía junto a los abedules. A mí se me había olvidado el sitio que él había señalado unos meses atrás, pero ésta era su tierra; la conocía como su propia vida. Apartó la maleza y me condujo al lugar donde sabía que crecerían las gencianas. Era un lugar muy tranquilo y silencioso. El suelo estaba cubierto casi todo de musgo y el sol caía en manchones por entre las altas copas de los árboles, iluminando el verde profundo aquí y allá en dibujos que recordaban los de un edredón.

El pequeño matojo de gencianas áureas estaba solo, con sus capullos púrpuras rematando los rectos tallos que se elevaban hacia la luz del sol desde la tierra húmeda. Will y yo nos quedamos parados y las miramos juntos.

—Son mis flores favoritas —me dijo—, supongo que porque son las últimas de la estación. Y porque crecen aquí completamente solas, sin importarles si alguien las ve o no.

—Son muy bellas, Will —dije; y lo eran.

—"Intentó ser una rosa" —dijo Will, y supe que estaba otra vez haciendo una cita literaria—, "y no lo consiguió, y el verano entero se rió de ella; pero justo antes de las nieves, apareció una criatura que maravilló a toda la colina; y el verano escondió la cabeza y las burlas cesaron".

—Will —dije cuando nos dábamos la vuelta para salir del bosque—, debería usted haber sido poeta.

Él se echó a reír.

—Mecánico de camionetas hubiese resultado más práctico.

Yo me quedé un poco rezagada cuando íbamos de vuelta campo a través, ansiosa por grabar cada imagen en mi mente. Hasta el solidago había desaparecido. Las altas hierbas se habían vuelto amarillentas y quebradizas, como los tonos sepia de una vieja y ajada fotografía. Vi mentalmente a Molly de nuevo, en rápidas secuencias, como si fuese una película que se fuera parando y arrancando otra vez. La vi de pie en la hierba, cuando ésta estaba verde, con los brazos llenos de flores; con el viento agitándole el cabello, con su sonrisa pronta, alargando la mano para coger la flor siguiente, y la siguiente… El polen flotaba en el aire a su alrededor tomando mil formas a la luz del sol, y ella volvía la cabeza y reía…

En algún lugar, para Molly —pensé de repente—, aún seguirá siendo verano, verano siempre.

Al otro lado del campo vi la casita que había sido nuestro hogar. Y delante de mí vi a Will. Le observé mientras caminaba hacia casa, apartando la hierba con su pesado bastón, y me di cuenta de que se iba apoyando en él al andar, de que necesitaba su ayuda. Caminar por el pedregoso campo no le resultaba tan fácil como a mí. Comprendí entonces lo que me había dicho Ben en cierta ocasión, lo de que hay que saber y aceptar que tienen que ocurrir cosas malas, pues comprendí, mirándole, que también algún día perdería a Will.

Corrí para alcanzarle.

—Will —dije—, ¿sabe usted que la foto que me hizo está expuesta en el museo de la universidad?

Él asintió con la cabeza.

—¿Te importa?

Hice un gesto negativo.

—Me sacó usted guapa —dije con timidez.

—Meg —dijo riéndose mientras me pasaba el brazo por los hombros—, tú siempre has sido guapa, siempre.

ÍNDICE